手伝ってください

有地紀美子

海鳥社

はじめに

くさぐさの思い出築き喜寿迎え夫は永久の眠りにつきぬ

あなたが逝ってから、いつの間にか四年の歳月が流れました。独り暮らしになった家のなかは、大きな存在だった柱を失ってひっそりしています。あなたが愛でていた庭の樹々や花も寂しそうです。

巡ってきた今年の春も、また、あの山椒がたくさんの新芽を覗かせて香っていますよ。

すり鉢に香りを放つ木の芽和え君の好みし春の味なり

結婚してともに歩んだ半世紀は、あんなこと、こんなことと山ほどの思い出が浮かんできます。一度限りの人生をあなたといっしょに歩んできて良かったとしみじみ思っています。

幸せでした。

いえ、今も幸せなのです。

寂しさから一歩でも踏み出したいと願って、詠み始めた拙い短歌をエッセイに添えて、天国のあなたへ感謝をこめて贈ります。

私の最後の手紙と思って読んでください。


去り逝きし君の命と引き換えに歌への目覚め我は賜る

有地紀美子

二〇一一年　弥生

手伝ってください■目次

手紙

「拝復、お便り有難う。毎週お会いしているものの、便りはまた格別、懐かしくも嬉しくも感ぜられます……」

原稿用紙にきれいな字で書かれたこの手紙は、彼から初めて届いた第一便でした。

今から五十数年前、まだ博多の街には洒落た喫茶店も数少ない昭和三十一（一九五六）年のことです。

中洲川端の電車通りに沿ったことぶき通り商店街の一角にある、入り口の狭い〝リンダ〟というレストランを兼ねた喫茶店で、私は初めてプレゼントを貰ったのです。

「僕がこんな買物をするなど空前ですからね」と。

開けてみてくれと急かされ、小さな箱のリボンをほどいてみると、エンジ色の可愛い万年筆が入っていました。

「上等のものではないですが、大事にしてくださいね」と言われ、私は嬉しくて何度もお礼の言葉を繰り返したと思います。

大事に持ち帰ったわたしは、その夜真新しい万年筆で、おそるおそる初めてお礼の手紙を書きました。

そして三日後、冒頭の返信第一号が、私の勤務先だった会社に届いたのです。

手紙《ふみ》届き胸の弾めど澄まし顔誰にも見せず仕事も虚ろ

当時、私は福岡市の天神町の中心街に、完成して間もない九階建ての同和ビルのなかにある会社で、秘書の仕事に就いていていました。電車通りに面した一階には神戸銀行があり、道を隔てた隣りは岩田屋デパート（現在はパルコ）で、洒落たお店が並んだ新天町の通りにも近い、とても賑やかな環境でした。

昭和二十八年の春、私は高校卒業と同時に、親友の東弘子（旧姓児島）さんと一緒に洋裁学校へ入学しました。その頃、社会人として働いている友人たちを羨ましく思い、私も成人式を迎えてから就職を希望しましたが、当時は女性には特に厳しい就職難の時代でした。やがて運良く職を得た私は、仕事にも慣れて充実したＯＬ生活を満喫していたのです。男女の交際はもちろん「ないしょ」というような時代の傾向でしたから、彼の手紙は、会社の受け付けにいた八重歯の可愛いＯさんが、にっこりしながらそっと手渡してくれたことを懐かしく思い出します。

この頃は西鉄ライオンズ（ホームグラウンドが平和台球場）が、昭和二十九年、初のリーグ優勝につづいて、日本一となるシリーズ三連覇（昭和三十一－三十三年）を達成した黄金時代でした。ラジオやテレビから流れる実況放送には賑やかな応援風景が見られ、なかでも、昭和三十一年の巨人軍との劇的な勝利に、福博の街は興奮の坩堝《るつぼ》と化して活気に溢れていました。

天神の電車通り（現在の明治通り）を華やかに優勝パレードする、三原修監督をはじめ、稲尾和久投手、中西太、豊田泰光、大下弘の各選手たちに向けて、仲間とはしゃぎながら、五階の会社の窓から紙吹雪を撒いたことも懐かしい思い出です。

また、昭和二十九年二月、当時アメリカで人気女優のハリウッド・スターだったマリリン・モンローが、大リーガーで「ヤンキースの華」といわれたジョー・ディマジオと結婚後間もなく来福し、国際ホテルに宿泊して、那珂川沿いの川岸に開店して間もないレストラン「ロイヤル」で夕食する写真が大きく報じられるなど、博多東中洲に「モンロー旋風」が巻き起こっていました。

戦後の混乱期から立ち上がり、この昭和三十年代から徐々に勢いを増しながら、日本の社会、経済は高度成長時代へと突き進んでゆきました。


あれから半世紀を経た平成十八（二〇〇六）年の盛夏、夫は帰らぬ人となりました。

一周忌を終えたある日の午後、普段はめったに開けることもなかった戸袋の片付けをしていると、奥の古びた箱から二人の懐かしい手紙が見つかり、これまで二度の引越しにも捨てられずにいたのが不思議でした。

思わず押し入れの前に座り込み、夢中で読み返しました。十円切手が貼られ、どれも手でちぎるように開かれた封筒は、歳月を経て色もあせ、いまにも破れそう。若く純粋無垢な気持ちだったあの頃の、いずれも心の奥底に強く刻みつけられた清らかなイメージが、つぎからつぎへと甦ってきました。

中洲のネオンに照らし出される映画館で観た映画のこと、労音のチケットを手にして聴いたイベット・ジローや高英男のシャンソンなど……。

懐かしさと手紙から伝わる温もり、今はなにを言っても返事が聴けない虚しさに、しばし涙が溢れました。気がつくと、あたりはもうすっかり暗くなっていました。

「宝もの」形見となれり今もなお二人の歴史見えて懐かし

気がつけば亡き夫《つま》と居て手紙《ふみ》読めり寂しき現実《いま》を我は噛みしむ

若き日の思い出詰まる「宝もの」わが逝くときの夫《つま》へのみやげ

初対面

昭和三十一年の春たけなわ、桜の花びらがそろそろ散りはじめる心地よい季節の四月吉日、それぞれの友人の結婚披露宴に招待された者同士だった二人が、初めて出会うことになったのです。

新郎の今田大六氏は、彼の郷里に近い広島県尾道市の出身で、旧制第六高等学校と九州大学の同期生で、卒業して銀行マンとなられ、当時、福岡支店に勤務されていました。

新婦のなのりさんは、私の高校時代の親友で、ちょっと大人びていて、明るくチャーミングな女性でした。

会場に着いて間もなく、晴れやかな雰囲気のロビーの一隅で、私は新郎から、すぐ傍にいたオールバックの髪をした青年を紹介されました。そのとき、「ありち」という聞き慣れない名前に「どう書くのだろう」と、一瞬頭をよぎったのを覚えています。

やがて披露宴の席につくと、私の目の前の席に六高時代の友人らと並んだ彼がいて、やたらにタバコを吸っている人でした。

初対面は見合いのごとし真向いにしきりに煙草くゆらす人なり

高校時代の私は、バスケットボールやテニスなどの、コートを走り回るスポーツが大好きで、それゆえこの日は、普段は着慣れないきものの着付けをしてもらい、祖母には「バタバタと歩かないように」と注意されて、草履《ぞうり》をはくのももどかしく、うきうきしながら友人の結婚披露宴に初めて出席していました。

宴の和やかな雰囲気を、その頃すでに奥さんとなっていた友人の川口和子（旧姓柴田）さんと一緒に、心ゆくまで楽しんでいた私は、まさかこの日が、人生の伴侶との出会いになろうとは思ってもいませんでした。

披露宴が終り、新婚旅行へと発つ二人を、双方の友人たちと賑やかに駅で見送ったあと、私は古くから中洲にあるカントー写真館へ急ぎました。「この機会に写真を撮っておくように」と母に言われていたからです。

あの日から歳月を経たいま、セピア色と化した古いアルバムをめくると、半世紀前のきもの姿の写真に、思わず笑みがこぼれ、懐かしさで胸が熱くなるのです。当時はまだ見合い結婚のなごりが強く、いわゆる適齢期の男性や女性がいる家庭には縁談が持ち込まれ、縁組みを熱心にする世話好きな人がいた時代でした。彼も研究生の頃、帰省する度に「おふくろが信玄袋から、ごそごそと見合い写真を取り出していた」と話していたことを思い出します。

音楽会

梅雨のシーズンに入った六月半ば、初の来日を果たしたロサンゼルス交響楽団の演奏会が、福岡でも開催されることになり、初めて二人だけで行くことになりました。

当時の福岡には、広い立派なホールといえば電気ホールぐらいで、会場となったのは、毎年秋の大相撲九州場所が開催される天神のスポーツセンターでした。大学の特別研究生という彼の身分ではチケットの購入にはとても手が届かず、思いがけず恩師からいただいたチケットだとの説明を聞かされての初デートだったのです。

最初から緊張気味だった私は、どんな話をしたのか、とにかく、最後にアンコールで全員が手拍子をした曲のメロディだけが印象に残っていました。その曲は、今日では新春恒例となった、NHKテレビで放送される元日の夜のニューイヤーコンサートで、アンコールの際に必ず演奏される、ヨハン・シュトラウスの「ラデツキー行進曲」だったと知ったのは、ずっと後のことでした。

初デートはスポーツセンターの演奏会緊張ゆえか曲目《きょく》も憶えず

大濠公園

初夏の陽ざしがまぶしいある土曜日の午後、少し時間があるとの誘いで、二人は大濠公園に出かけました。

彼の手には「父親《おやじ》が送ってくれた」というキャノンのカメラが、大事そうに提げられていました。久しぶりの大濠公園は清々しく、キラキラと光る池の水面には、水鳥やボートを楽しむ家族連れ、アベックの姿がちらほらと見られ、鮮やかな新緑が心地よく、のどかな風景が広がっていました。

慣れない手つきでの写真撮影はそこそこにして、ところどころに置かれた石のベンチに腰かけて、私たちはいつの間にか話に夢中になっていました。

やがて陽も落ちて、あたりが薄暗くなり始めたそのとき、後方の小さな樹々の間に間に見え隠れしながら、私たちをとり囲むように近づいて来る人の気配を感じた私は、「あっ！」と声を出してすぐに立ち上がり、「行きましょう」、と足早に電車通りへと向かって急ぎました。

そのとき、とっさに私の頭をよぎったのは、「アベック襲わる」という新聞記事だったのです。

当時は公園や海岸通りで、若い二人連れから金品を奪う、ちんぴら少年のグループが横行していました。

戦後の社会情勢が少しずつ好転しながらも、当時の鬱屈《うっくつ》した少年らの集団行為だったのでしょうか。

「怖かったあ」と、どきどきする胸を鎮めるように、ふたりはゆっくりと福岡城跡のすそに広がる池の畔《ほとり》を天神方面へと歩いて行きました。

当時の大濠公園の様子

「とんだ景物《けいぶつ》でしたが、無事でよかったですね」と、後に届いた手紙に書き添えられていました。

昭和三十一年初夏の、大濠公園でのほろ苦い思い出の一コマです。

市の中心部の中央区にある福岡城跡（舞鶴城ともいう）は、初代福岡藩主・黒田長政によって、慶長六－十二（一六〇一－一六〇七）年にかけて築城された国指定の史跡で、四百年の歴史が刻まれた文化財があり、エピソードの宝庫と言われています。現在の明治通りに面した睡蓮の畔一帯は、昔は下の橋（大手門）、上の橋（大手門）と呼ばれ、広い城郭内の舞鶴公園の梅の花とともに、桜の名所として今も変わらぬ美しい佇まいを見せています。

また、昭和四年に開園されて八十余年の歴史ある大濠公園は、水景公園として、東京大学教授・本多静六（一八六八－一九五二）の設計による日本初の洋式公園です。池の周囲が二キロあり、年々周りに能楽堂や日本庭園、美術館などが建てられ、景観はすっかり変貌しましたが、毎年八月一日は花火大会で賑わい、今でも市民の大切な憩いの場であることに変わりはありません。

公園のアベック襲う少年ら思い出すなり当時の世相

年どしに変貌遂げし公園のビルの彼方にかすむ山なみ

大濠の石のベンチの横を行くジョギングの人に柳が揺れる

手伝ってください

「手伝ってください」

求婚のとき、あなたが言った言葉です。

「僕、そんなことを言ったかなあ」なんて言わないで!! 私は今でもはっきりと覚えているのですから……。

昭和三十一年八月九日は、日本人には忘れることのできない長崎原爆の日であると同時に、まだ残暑が厳しかったこの日は、彼の誕生日でもありました。場所は覚えていませんが、福岡市内の天神界隈にある小さなレストランだったと思います。

私は初めてネクタイをプレゼントして、夕食と和やかな会話が弾むうちに、はからずも彼の「結婚」という重みのある言葉に続いて、「僕は書きますから手伝ってください」のひとことが、私の心に深く響きました。

交際を始めてから日も浅く、まだ結婚ということを身近な問題として深く考えていなかった私には、なにを書くのかおぼろげにしかわからず、それよりも、法律という学問を目指す研究者の妻となることに、多少の不安と自信のなさから、「私でいいの」と、このとき聞いたことを思い出します。

将来の夢を話す落ち着いたまなざしと気概が、まだ二十一歳だった私にはすごく大人に感じられ、そのときの彼の顔がとても輝いて見えました。

「この人にそっとついて行こう」

と心に決めた私は、この日結婚の約束をしたのです。

その秋に、彼が京都で開催される学会へ行く途中に郷里へ立ち寄ったときに、「おふくろが、君の選んだネクタイを褒めてくれた」と、また、大津で会った友人にいたっては、

「〝君にしては良い柄を選んだものと思った〟とか言って、まったく失礼な褒め方をするから、ついでにあなたの写真を見せてやりました……」

という便りが京都から届いたときは、またいっそう嬉しさが込み上げました。

ティールーム心に響きしプロポーズ「手伝ってくれ未来の道を」

夫の望む通りに

平成二年三月、夫は三十三年間奉職した九州大学を定年前に退官して、東京の聖心女子大学へ転職しました。そして七年後の平成九年に定年を迎えて、再び福岡に帰り、かねてからの弁護士活動に、引き続き本格的に取り組んでいました。ところが、思いがけぬ病魔に襲われて、四カ月あまり、初めての入院生活を余儀なくされたのです。

膠原病《こうげんびょう》の「皮膚筋炎」を患ってから九年、ステロイドホルモンなどの投与をつづけ、不安と安堵を繰り返しながら、なんとか普通の生活ができるまでに小康状態が続いていました。

亡くなる年の平成十八年、五月初旬には川口市に出向き、娘の真澄と夫の徹さん、またその母親である明子さんも誘って楽しく数日を過ごしました。しかし、帰福して間もなく夫は体調をくずし、検査の結果は予想もしなかった「悪性リンパ腫」と告げられました。しかもすでに四期に進行していたのです。なぜこんなに急に、と言葉もありませんでした。再び入院となり、心配した娘がすぐに駆けつけると、病室では笑顔を見せながら話が弾み、穏やかな時間が流れていました。

ベッドの傍には当時、市の要職に就いておられた方から届いた報告書が置かれていて、それを目で追いながら、「僕はもう社会貢献できないよ」と、淋しそうにポツリと弱音を吐きました。「パパはよくがんばったわよ」と二人で慰めるのが精一杯で、あとは言葉が続きませんでした。

娘の真澄は川口に帰り、連日の抗ガン剤による治療が続けられましたが、容態は思わしくありませんでした。

「岡山へ行きたいなあ」とふと口にする夫。そして次第に、点滴の管につながれる病室はもういやだ、と声を荒げて言い始めました。なんとかなだめながら病室に泊り込む私でしたが、「早く家に帰りたい」と苛立っている様子に、もうこれ以上なだめることは不可能と感じ、主治医に相談しました。退院となった七月十日の朝は、早々に着替えを済ませて靴をはき、私をせきたてるようにして、やっと家へ帰ることができました。不思議なことに熱も下がり、久しぶりのお風呂にも満足していました。これには医者もびっくりだったのです。しかし、大好きな入浴もこの日限りでした。

在宅介護のことや、主治医との連絡、地元のクリニックとの連携など、私は不安と焦りでいっぱいでしたが、夫の容態がなにより気がかりでした。そして、毎年やってもらう庭の植木の剪定を「急ぐように」と私に指示したのです。それほど広くはないのですが、花や植木が好きだった夫には、季節の移ろいを教えてくれる大切な庭でした。週末に娘夫婦が帰省し、きれいさっぱりとなった庭へ「僕がおんぶして出ましょう……」と徹さんが言い出し、三人でそっとベッドの上に起こしましたが、もはや夫には立ち上がる体力は残っていませんでした。
やがて娘のパソコンで二人が庭の様子を写して見せると、声を出して嬉しそうに眺めていたこのひとときが、家族揃って談笑できた最後となりました。

点滴の管つながれし夫なり漏らすことばは故郷《ふるさと》しのぶ

「僕はもう社会貢献できない」と胸を突きさす夫《つま》の呟《つぶや》き

退院の望み叶いて我が家へと安堵したるや熱の下がれり

臥す夫《つま》に別れ惜しみて珊瑚樹の庭へ誘《いざな》う熊蟬のこえ

別れ際《ぎわ》娘夫婦《ふたり》の幸せ願う夫《つま》「仲良くやれよ」が耳に残りぬ

夫の死

　亡くなる前日の夕暮れどき、ウインナーワルツとセレナードの名曲ばかりを集録したカセットテープを真澄が、「パパの好きな曲だよ」と言いながら枕辺にそっと置いて聴かせていました。じっと目を閉じ、穏やかな表情で聴いていた夫はどんな思いだったのでしょう。すでに「その時」のための心の準備をしていたのでしょうか。

　翌日の七月二十二日土曜日、季節は夏なのに雨の日が続き、この日も朝から蒸し暑く、空はどんよりと雲が立ち込めていました。看護師による午前中の点滴がなされ、細くなった夫の腕は、痛々しいほどあちらこちらと紫色に腫れ上っていて、私は見るのも辛く目をふさぐ思いでいました。やがて正午を少し過ぎたころ、女性の看護師が、「点滴の針が入らない」と慌てている様子に緊張が走りました。「ああ、そうですか」と力なく呟く夫の声は弱々しく感じましたが、意識はしっかりしていました。じっと見つめる目は死と向き合い、覚悟を決めたのか、すでに呼吸器を自ら取りはずしました。おろおろと不安でいっぱいの私は、ただひたすら感謝の言葉をかけながら、真澄と二人で夫の手を握りしめることしかできませんでした。そのとき、残る力を込めて両手をゆうゆうと天井に向けて舞い上げ、何かを掴もうとした一瞬「さよなら」と、か細い声でしたがそれは〝あっ〟と言う間の夫との別れでした。

「パパ『さよなら』って言ったよね」と真澄が涙声で私にたたみかけました。家族への密な温かい、まさに「最期のことば」だったと胸に深く受け止めました。

かねてより「僕はガンになっても手術はしない」と医者に明言していた夫は、入院生活を嫌って自宅へ帰ることを切望し、もはやベッドのそばに酸素吸入器などを取り付けることさえ、すごい剣幕で不満を漏らして、自ら治療の望みを絶ち、死を覚悟するという己れの死生観を貫いたのです。桜の花を好み、みごとな桜の写真集や日本東西の名木、全国の桜前線の「週刊四季花めぐり」（小学館）を、いつも興味深く眺めながら、華麗な春を満喫していた夫は、散り際が潔いといわれる桜の花のように、実に夫らしい、潔いみごとな死だったと思っています。

平成十八年七月二十二日十二時四十五分に息を引きとり、七十七歳の生涯を終えました。柩のなかのおだやかな顔は、私にひとこと言ったあの頃と同じように、輝いているような死に顔でした。

人生には多くの別れがありますが、正直なところ、伴侶との死別がこれほど切ないものとは想像もしていなかった私は、日を追うごとに辛いストレスを感じ、うつ状態が続きました。そして九月二日、後輩や有志の方々による「偲ぶ会」が催されたあと、「このままママを一人にしておけない」と心配する娘夫婦の勧めで、それからしばらくの間、川口市の二人の家にいたとき、娘から渡された一冊の本。それは夫の死からわずか一週間後に亡くなった作家、吉村昭の遺作となった『死顔』でした。

年齢も夫とほぼ同じだった氏の、自らの死を覚悟して旅立つまでの淡淡としたリアルな表現は、まさに夫と重なるものを感じて涙がこぼれました。と同時に私は救われた気持ちになり、夫も望み通りの最期をむかえて旅立ったのだと自分に言い聞かせ、私の体調は少しずつ快方に向かいました。

汝《なれ》の書斎《へや》で思いの限り看取りたる月日のありて悔いを残さず

迫りくる行く手の旅路思いしか覚悟の見えて胸詰まるなり

逝く君が遺せしことば胸にきざむまた逢うときまで永久に忘れじ

妻われが柩に手向ける花ばなに埋もれて君は輝いて見ゆ

共に聴く時間のなくて過ぎきたりカセットテープの別れのワルツ

人に迷惑をかけない、大げさなことはするな、と言っていた夫は、かねがね話はしていたものの、いつ認《したた》めたのか私は知りませんでした。表に「ママに」と書いた弁護士事務所の茶封筒を手にしたのは、亡くなってからしばらく経ってからのことでした。そのなかの二枚の原稿用紙には、「葬儀・告別式は本人、遺族の意向で近親者のみで営まれた。○○日に福岡市内でお別れの会を開く予定……」と……。

自分の希望をはっきりと書き、履歴を添えて残していたのです。

人生の終着にも、几帳面だった夫らしい一面を見た思いでした。

書斎

夫の書斎は四十数年前に増築して以来、ほとんど手入れすることもなく、質素ながら彼にはいちばん落ち着く大切な場所として、常にきちんと整理されていました。一段高くした三畳の部屋に置いた大きな机で、本を読み、資料を見つめながらの原稿書きなどが夜更けまで続いていました。のちに、この書斎には恩師の青山道夫先生の遺影が壁にずっと掛けられていました。先生はいく度となく来られ、ときにはご夫妻で足を運ばれた姿が目に浮かびます。フェミニストだった先生の優しいまなざしと抑揚のきいた声が、今も聞こえてくるようです。

かつて、夫と親交のあった方々、門下生やゼミの学生たちとのほのぼのとした思い出は、私にとっても人生の貴重な体験で、ひと言では言い尽くせない感があります。なかでも、昭和四十三年六月二日の夜、米軍板付基地のジェット戦闘機F4ファントムが、九州大学のキャンパス内に墜落し、折から、ベトナム戦争、反戦運動、板付基地撤去運動と続いていた最中での異

書斎にて

常事態となり、学内は火に油を注いだように激しい大学紛争へと突き進んでいきました。
当時この書斎でも、タバコの煙が立ち込めるなか、数人の大学院生たちと、徹夜で議論を続けていたときのことなどは、忘れられない思い出です。そして、なによりも、常に研究者としての足跡を後世に残すことを生きがいとしていたのでしょう。時間を惜しむかのように、贅沢をすることもなく、地味で淡々と研究への意欲を最後まで持ちつづけた姿が、つぎつぎと浮かんでくるのです。

研究に時を惜しみて捧げたり贅沢をせず君は駆けゆけり

いずこにももはや居ないと解しつつ書斎を覗く雨の夕ぐれ

亡き夫《つま》は書斎の壁に掛けらるる恩師の遺影と対話していむ

ありし日の賑やかな面々しのばるるタバコの匂い書籍《ほん》に染みつく

幾たびか恩師夫妻の訪ねきておはぎ作りし頃なつかしむ

夜を徹し夫と討論していたる大学院生が還暦迎う

ファントムの落ちし九州大学の校庭《にわ》に芽吹くは金木犀か

鎮もりし遺品の山に陽の差さず書斎の明かり消えて久しき

友情

亡くなって間もない八月の月命日は、まだ残暑のきびしい日でした。岡山第一中学校の同窓生だった中川達雄氏が、新幹線で岡山からお参りくださり、「会いたかった」ととても残念がられ、みごとに浄書された般若心経の読経で、夫の霊を慰めてくださいました。その上、原稿用紙にきれいに書かれた「思い出の記」を供えて帰途に着かれました。そこには、昭和二十年六月二十九日の岡山大空襲の様子が綴られ、私は読みながら涙せずにはいられませんでした。

中学生時代を学徒動員され、ひたすら国のために尽くした彼らに比べ、現今の恵まれた環境にある若者たち、戦争のない日本の豊かさを思うと隔世の感があります。

故有地亭君との思い出

中川達雄（龍生）

　今井楨一君（中学時代の友人・現在句友）が福岡市のホテルで有地君に会ったという話を聞いたとき、羨ましい気持ちでいっぱいだった。お互い元気なときに会っておこう、心置きなく話しておこうと思っていたのに、梅雨どきだからとか、暑いときだから涼しくなってからと思ったことが、こんな寂しい別れになってしまおうとは……。

　会おう、会いたいと思ったら、家が近くならその日に、遠く離れていれば、電話で相手の都合も聞いて、一日でも早く会っておくこと。お互いの年齢を考えれば至極当然のことなのに……。

　今井君から訃報を聞いたとき、愕然とし、後悔の念と寂しさで、しばし涙が止まらなかった。

思い出はたくさんある。そのひとつは岡山空襲（六月二十九日）の前夜。正確にいえば当日の午前零時過ぎまで、岡山市南方《みなみがた》の君の家にいた。次々と話が弾んだ。

当時、君の父上は判事という要職にあった関係で、いろいろの資料も見せてもらった。最後にレコードを聞かせてくれた。ゼンマイを巻いてレコードを蓄音機で鳴らすものだ。古賀政男作詞・作曲の「影を慕いて」を繰り返し繰り返し聞いて覚えた。一緒に覚えた。一緒に大声で歌った。「もう遅いから」と別れを告げた。君は「もう遅いから泊まっていけ」と言ってくれたが、私は帰ることにした。「じゃあ、このレコードを持って帰れ」と言った。私は礼を言って有地家をあとにした。

山陽線の踏切を渡り、奉還《ほうかん》町の商店街を突き抜け、わが家に帰ったら午前一時ごろであった。これがそのころの奉還町の見納めであった。

父は山手小学校（総社市）に通勤しており、隔日にわが家に自転車を踏んで帰っていた。その日の二階は私だけだった。

うとうとしかけたころ、家の前の電信柱が火を噴いたように思えた。ショートにしては大き過ぎると思った。階下から兄の大きな声が聞こえた。

「達雄、空襲だ。逃げろ」

身支度をして、家族揃って西へ走った。三門《みかど》方面である。東西南北、いずれを見ても炎の海であった。

焼夷弾のシャーッという音が無気味であり、ときには炸裂音が地を揺るがした。私たち家族は川の橋の下に隠れた。

B29が去るまでずい分時間が経過したように思えた。やがて夜も明けた。幸い、私の家の周辺はごく一部ではあったが焼け残った。炎が円を描き、その中心部が残ったのである。家族全員無事。やがて父も帰ってきた。山手から見た岡山市は地獄絵さながらであったと言い、無事を喜んでくれた。この日から親戚や知人が次々とわが家に来られ、ひとりに畳一畳もなかった。

私はまず君の消息が知りたかった。わが家を出たのは午前八時ごろだったと思う。借りたレコードを持って奉還町を東に進んだ。商店街は瓦礫《がれき》と化し、しかも、まだ火の手は上がっていた。異臭が鼻をついた。黒い雨が降っていた。蝙蝠傘《こうもりがさ》の柄は火のように熱くなり、何度も持ち替えた。傘は湯気を立てた。

遠く東山が見えた。普段見たこともない東山が見えたということは、岡山市の殆どが焼失したということだ。胸騒ぎがした。彼は難を免れたであろうか。

川を死体がゆっくりと流れていく。衣服は焼け、丸焦げの死体があちこちにあった。西川に架かった橋を渡った所に君の家は在った。在ったはずなのだ、つい九時間前まで。多分、この位置に君の部屋はあり、蓄音機が置かれていた（はずだ）。直撃弾でも落ちていたら……と、私はしばらく焼跡を犬のように嗅ぎ回った。生死がますます気になった。恐らく西川に飛び込み、難を遁れてくれているに違いない。しばらく自問自答を繰り返した。

十日位経っただろうか。誰からか、彼は元気で倉敷にいるという。警察の官舎の一部であったと思う。親戚に倉敷警察署長がいて、しばしば出掛けたことがあるからだ。再会を喜び合った。彼は言った。「貴重なレコードだな。家のレコード全部を持って帰ってもらえばよかった」と言って笑った。とに角、この再会は夢のようであり、うれしかった。

これが最期の別れであった。敗戦日はそれから間もなくであった。それぞれ異なる路を進んだ。君は六高、私は岡山師範に進み、十九歳で教壇に立った。

昭和二十八年、埼玉県川口市の中学校に四年間勤務し、また岡山に帰った。お互いに空白のときが続いた。

岡山空襲より一カ月前、父の勧めで一泊二日のキャンプ生活を送った。場所は山手と中庄にまたがる山頂。そこにテント二張り。食料品すべて父が現地まで運んでくれた。兎の料理が当日のメイン。料理法までていねいに教えてくれた。近くに美しい湖があり、キャンプ生活には絶好の地であった。

私たちが持参したのは一羽の地鶏。袋に入れて吉備線に積み込んだのだが、袋の中から脱け出し、車内を逃げ回り、それを捕まえようと追っかけ回した。君はこの大捕物が楽しかったらしく、笑い転げていた。車掌からは叱言を戴いたものの、楽しい思い出のひとつとして忘れられない。

次の朝はカッコーの声で揃って目を覚ました。この日、水島が空襲を受けた。私たち五人、それを山頂から見た。誰からともなく言った。「もう戦争は長くは続かない」と。

思えば、第二次世界大戦の四年間が私たちの中学生時代であった。勤労奉仕やら倉敷の万寿《ます》工場で海軍爆撃機G４M２を造るため動員された。暗い青春時代ではあったが、努めて明るく振る舞った。

動員中、倉敷の千秋座で「無法松の一生」の公演があった。主演は丸山定夫。帰りみち、こっそり抜け出し、二人で観劇した。

その後、劇団は広島で公演。丸山定夫は原爆に遭い亡くなった。この観劇が契機となって、私は教師の傍ら、演劇の勉強を始めた。

そんなこともゆっくり話そうと思っていたのに、膠原病から悪性リンパ腫を併発、七月二十二日、君の書斎で家族に別れを告げて去ったとか……。


君は私から去っていった。君から言えば、君の前から私が消えたということか。いい思い出を遺してくれてありがとう。

退職後、遍路を思い立ち、喜寿までに念願の七十七回を結願。現在七十九回に挑戦中。札所で読経を続けていれば君に会えるかも。体力の続く限り遍路を続けようと思う。

合掌

吾亦紅遺影の視線ほほゑみぬ　　龍生

追悼の涙乾かぬ九月かな

漆黒の草戸千軒星流る

（中川達雄〈龍生〉『吉備路』より）

青春時代

夫は、寮歌が大好きでした。戦争のために青春の夢を砕かれ、終戦後の混乱からようやく光が見えはじめた六高時代は、戦争からの解放感を味わうかのように、青春の声高らかに友らと寮歌を愛唱していたのでしょう。郷里を離れた彼の心には、常に古里への思いがあり、心の糧だったのか、古びたカセットテープで寮歌を懐かしむ姿が時折り見られました。かつては毎年開催されていた「九州寮歌祭」に家族も同伴し、広い会場で手拍子と一緒に歌った頃を思い出します。しかし、年々、先輩や仲間の訃報が聞かれ、有志たちの青春の灯は次第に消えてゆきました。

昭和四十二年に始まって、四十四回の歴史を重ねた「九州寮歌祭」は、母校の寮歌を歌う参加者の高齢化で、平成二十二年の秋の大会を最後に、幕を閉じることになったというニュースに、時代の流れを感じます。

夫の月命日の朝には、仏壇の前で音量を上げたカセットテープを流し、この時代の歌詞が大好きな私も、ひとり大きな声で歌っています。

六高の寮歌のひびき絶え果ててノスタルジアの面影しのぶ

旧友と紅顔ほころぶ寮歌祭とわに続けよ願いは空し

高らかに青春寮歌流すとき遺影の夫《つま》は聴き入るごとし

黄泉の国に先輩有志と肩組みて謳いつづけよ六稜尊《たか》く

第六高等学校　南寮寮歌（大正二年）

一、野辺の小川に花咲かば　若き血潮を誇らなん
鈍《にび》色の雲ながめては　眉に憂愁《うれひ》を包むべし
さはれ吾等がかんばせに　輝く高き灯《ひ》を見ずや
二、流れて止まぬ小川には　河に棹さし進む日も
重くとざせるにび色の　雲の扉《と》うれふ夕《ゆふべ》にも
忘れし高く中天《ぞら》に　胸内《むなち》に燃《も》ゆる理想の灯
三、万象《ものみな》ながれ移るとき　白く咲き出しクローバの
姿を映す生命の　流れ静けき川の面
その平静と沈黙と　これぞ我等が歩みなれ
四、静かに踏めるわが歩み　神秘の森に消ゆるとき
黄金の鍵の音すみて　真理の扉ひらくとき
来るわれ等が新時代　祝へ来らん我が時代《とき》を
五、大正二年若うして　希望の光わが裏に

恒《つね》の正午《しやうご》を謳ふとき　集ひて祝ふ紅《くれなゐ》の
かんばせに見よ永劫に　胸内に燃ゆる霊の灯を

第六高等学校　中寮寮歌（大正二年）

作詞　南総平・宇野操一

「新潮走る紅の」

一、新潮《にひしほ》走る紅の　桜花《さくらばな》咲く国なれど
春永久《とこしへ》の春ならず　梢に咽ぶ風悲し
明治の大帝《みかど》神去りて　世は暗澹の秋の暮

二、嵐の夜にも朝は来て　暁《あかつき》に鳴く鳥の声
新星途にまたゝきて　曙色《あけいろ》杳《かす》む六稜に
大正の春明けくれば　健児の胸に希望《のぞみ》あり

三、「混濁」よそれ人の世か　「紛乱」よそれ世の様か
されど悲歌せじ徒《いたづら》に　吾等の使命重ければ

市《まち》の叫びを他所《よそ》にして　永遠《とは》の理想に進まなむ

四、理想の園は遠くとも　輝く星の黙示あり
現世の濤《なみ》は荒くとも　うれひを分つ友あれば
尊《たか》き天職《つとめ》を守りつゝ　八重の潮路を分けゆかん

五、操山の下《もと》草を藉《し》き　明けゆく空を眺むれば
暗雲いつか消えさりて　曙の色松に映え
今日十三の記念祭　新《あらた》なる世のひゞきあり

第六高等学校　北寮寮歌（明治四十三年）

作詞　吉原一雄

一、若紫に夜は明けて　あゝ暁天の雲の色
春風《しゅんぷう》さそふ清新の　木芽《こぞめ》に霞こむるとき
静かにたてる六稜の　城の英姿の崇《たか》きかな

二、エデンの園にアダム等が　木の実を食ひし昔より

（「山陽新聞」1980年６月７日の広告特集）

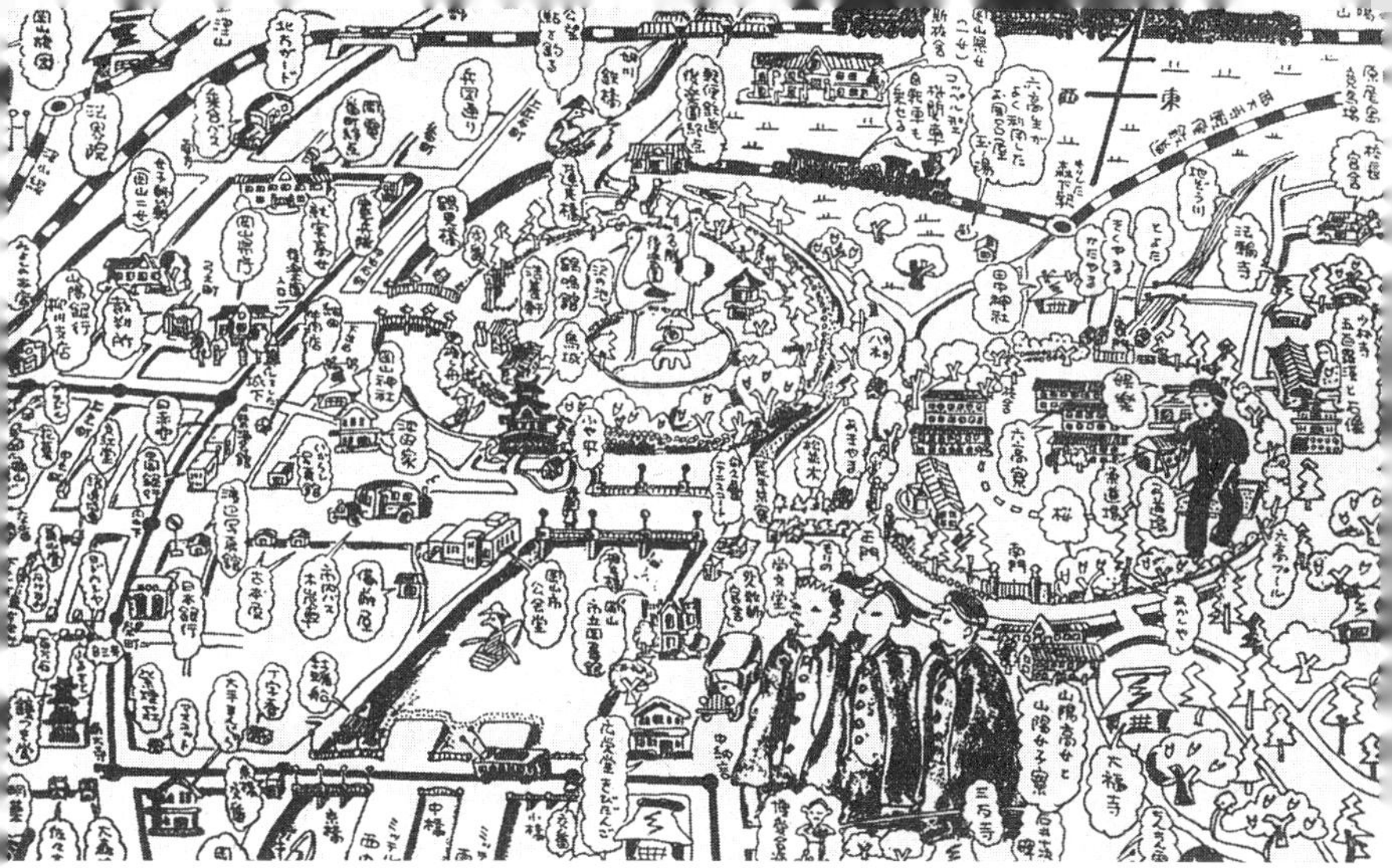

（「山陽新聞」1980年６月７日の広告特集より、「六高マン思い出の岡山の街」〈昭和24年１年修了、江川湛氏制作イラストの一部〉）

花咲く陰に巣くふ蛇　闇に窺ふ妖魔等の
巧は如何にさかしくも　などで侵さん術《すべ》やある
三、吉備の天地に覇をなして　操守十年いまこゝに
築く礎いや堅く　悪魔の呪詛にも何かせん
文武の旗幟《きし》を堂々と　篭る健児の意気高し
四、来れ正義の敵よ　ぼうやうの野に戦はん
天に鐘鼓《しやうこ》の音震ひ　れい旗繽紛《きひん》地にみちて
多軍を誇る何者ぞ　わが鉄腕の一撃に
五、天の鼓《つづみ》の楽《がく》の音　春の台《うてな》にうち乗りて
舞ふや花間《はなま》の蝶のごと　希望の国に飛揚せん
見よ紅《くれなゐ》のかんばせを　壮心燃ゆる健児らの
六、秋粛殺《しゆくさつ》の天《あめ》と地《つち》　颸風《へいふう》くるひ怒濤吠ゆ
大和田津海の青空に　爛たる眼《まなこ》勇ましく
強肩まふや若鷲の　猛き態《さま》かも益荒男よ
（七、八番略）

心に残る一冊

彼は、判事だった父親が若い頃、任務地として赴いていた鳥取市で生まれ、四人兄姉の末っ子で二男坊でした。幼い頃病弱だったらしく、そのため父親は彼を近くの山へ、松茸狩りや昆虫採集によく連れて行ったそうで、次第に昆虫に興味を持った彼は、標本作製に熱中した時期もあったと聞きます。

しかし、「昆虫では飯は食えないぞ」と父に言われ、昆虫学者を目ざすのは諦めた、という話をしていました。父親はかねがね二人の息子に、「医者になれ」と言っていたそうで、兄は医学の道へ進み、のちに近畿大学医学部で東洋医学の研究に携わりました。が、彼は体が丈夫でなかったこともあり、はじめから医者になる気はなかったようです。

しつけが厳しかった父によく叱られたそうですが、いくつになっても父への尊敬の念は、常に夫の心から薄れることはありませんでした。

小学生のとき、病気で学校を欠席している彼に、父は役所の帰り道、本屋に立ち寄って、かならず本を買って来てくれたそうです。いつまでも彼の心にのこる一冊としてつぎのようなエッセイを残しています。

『心に太陽を持て』 山本有三編（新潮社） 有地 亨

昭和十二年、私が小学校二年生のころであったと思う。父親が本書を買ってきてくれた。その冒頭に、次のような詞があった。

心に太陽を持て。／あらしがふこうと、／ふぶきがこようと、／天には黒くも、／地には争いが絶えなかろうと、／いつも、心に太陽を持て。

この本は美しい装丁の日本少国民文庫の中の一冊であった。日華事変が始まったころで、軍靴が響き、子供心にも重苦しい空気を感じていたときだけに、この詞を口ずさむと、明るくなって、勇気が出るような気がした。それから五十年たったが、苦しいときには、ふとこの詞がよみがえってきて、心が安らぐ思いがした。本書は昭和四十四年に復刊されたと聞くが、時代をこえて、今の子供の心にしみる詞と思うのだが。

とにかく晩年も暇さえあれば読書をしたり、庭の草むしりなど何かをやっている人で、決して時間を無駄にしませんでした。

ベッドの傍のラジオは、常に彼の必需品で、「NHKラジオ深夜便」はよく聴いていました。かつて、この深夜便で放送された、東京大学名誉教授・故玉城康四郎の「人類の教師たち」のブッダ・釈尊、イエス、ソクラテス、孔子をとりあげた話は、のちに四巻に集録されたCDを求め、亡くなる二カ月ほど前まで、熱心に何度も何度も繰り返し聴いていました。今もまだすぐそばに寝そべって、真剣な顔で「わからんなあ」と呟きながら、聴いているような気がしてなりません。

ミシェル女史と再会

昭和六十二年の十月、二人でパリを訪れたとき、夫は留学以来久しぶりに、フランスの家族社会学者アンドレ・ミシェル女史にお会いする機会がありました。フランス語がまったく駄目な私は、話の内容はわかりませんが、女史は身をのり出すようにして、しきりに今日の家族社会の問題を話されていたらしいのです。のちに夫が書いた随想が今も思い出されます。

幸福主義者（eudèmoniste）

有地　亨

昭和とともに生まれ、生きてきた私にとっては、この六十三年間は激動の年月であった。物心がついた頃、軍歌を聴き、中学生の頃は学徒動員で軍需工場で働き、軍隊へ、そして二十年代の混乱と困窮、戦後が終われば経済の高度成長の真只中に放り込まれた。このようなあまりにも激しい変動を体験すると、人間は物事に対して醒めた眼で見るようになる。

昭和二十年代の後半に、私が研究を始めた頃、家族や家族法の研究は百花繚乱の状況で、新聞、雑誌は「家」制度を批判し、また、判事や偉い先生方が新憲法の普及のために農村の公民館に講演に出かけ、また、若い研究者は農村の実態調査を行い、残存する封建遺制をあばく作業をした。社会の民主化を進めるには、「家」制度の改革がなによりも必要と意識され、もっぱら家族と社会の関連に焦点があてられ、その反面、家族内の人間関係のあり方などにはあまり目を向けられなかった。

洋の東西を問わず、長い人間の歴史で、個人は結婚や家族のために奉仕せしめられてきたが、今日では、結婚や家族は個人のために存在し、また、個人は結婚し、家族を形成する中に、みずからの幸せを求めようとするのは至極当然のことである。

一昨年になるが、私は久しぶりにパリで、家族社会学者アンドレ・ミシェル女史に会った。女史は、フランス、イタリア、イギリスのリセの若者の多くがウーデモニストで、将来、社会がどうなるかも考えずに、十年後には、自分たちは結婚し、家族をもって幸せになると信じていると調査結果を示しながら、顔を曇らせ、同時に今日の家族社会学は歴史を見通さず結婚や家族だけの研究に集中していると不満げに語っていた。

このような傾向は西欧だけではない。わが国でも、ここ数年、「いまの生活に満足」と「まあ満足」を加えると、全体で六五パーセント、二十代前半は六九パーセント（昭和六十三年、総理府「国民生活調査」）で、ほぼ七割近くの安定した比率を示している。また、あなたにとって一番大切なものはなにかで、以前は「健康」がトップ、「家族」が二位であったが、五十九年には「家族」がトップになり、その傾向はさらに強まっているといわれる（昭和六十三年二月六日朝日新聞「日本人の素顔」）。

これらの生活に満足という意識と家族を大事にする姿勢が重なり合って、家族以外には目を向けないという特殊な心情が醸成されている。家族の本当の幸せを願うならば、国家や社会の争いや政治の在り方によって家族生活がおびやかされ、家族を不幸に落とし入れることもあるかもしれないと考えるべきである。しかし、個人は家族に閉じこもり、孤立化した考えに陥っているのであって、ウーデモニストである点では西欧と変わらない。

政治や社会に対する無関心の若者が増大するという一つの

パリにてミシェル女史と

原因は、円高とか、オイルの値段の上下などはストレートに生活にひびくが、政治や政策は無力であって、国際経済、トランスナショナルの動きの方がよほど個人の生活にかかわりをもつことを実感しているのかもしれない。

このようなウーデモニストの考え方が反映してか、家族や家族法の研究でも、一部の研究者を除いて、これからの社会の進展に対応して家族や家族法がどうなっていくのかという見通しもないままに、家族社会学や家族法の関心は概して家族の内部のことや解釈に限られる傾向が強い。

四十年前とはまったく逆の現象である。もっと、家族については、社会とか、国家とのかかわり合いに思いをめぐらし、その行く末を踏まえて考える必要があるように思われる。

昭和が終わり、元号が改まった今日、昭和の戦後の家族やその研究を振り返って感ずるままを述べた次第である。

（「ジュリスト」九二九号、有斐閣、一九八九年）

「おまえが泣いたら」

「おまえが泣いたら鼻から涙が出ている」と
あなたはいつも笑っていた
ちょっぴり泣き虫だったわたし
別に悲しいわけではなく

初めての団地暮らし
生活リズムの変化にとまどい
黄昏の空を眺めては泣けてくる
遠い街のネオンの灯に
わけもなく泣けてくる

そんな私を「不思議やなあ」と
あなたはいつも笑っていた
「ほら、鼻から涙が……」と
言いながら

やがて娘が生まれ
だんだん忙しい生活リズムに
泣いてる暇はなくなった
「おまえが泣いたら……」と
あなたが笑う時間《とき》も無くなった

歳月はあっという間に過ぎて独りになった今
あなたを思い出して
鼻から涙が出ているよ

「おかしいなあ」「不思議やなあ」って
笑っているかしら　昔のように

もはや思い出の中の
あなたしか居ない
笑っているあなたはもう居ない
何処にも　もう居ない

バレンタイン

亡くなった翌年の二月、巡ってきたバレンタインの日に、娘からの贈りものが届きました。甘党だった彼は、毎年、娘から届く珍しいチョコレートを楽しみにしていました。

「バレンタインのチョコ、パパに供えてね。パパと最後に一緒に聴いたカセットは、まだちょっと聴けないよ。思い出して辛いものね」と書いたカードを添えていました。

四年目となる天国のパパへのバレンタインは、まだ続いています。

ほかに彼の好物はシュークリームやおはぎがあり、かつて、父が徳島の家庭裁判所にいた頃、二人で徳島の官舎を訪ねると、彼は母の手作りのおはぎに感動し、若い頃、本職に習ったという母の作り方を、さっそく私も伝授してもらい、以来よくおはぎを作りました。さらに甘酒が大好物で、しかも夫流の食べ方は、冷たい牛乳を甘酒にかけるのです。だから我が家では、いつの間にかこの、冷たいオートミールのような食べ方が当たり前になっていました。

毎年、きれいな麹《こうじ》が手に入る度に、夫と一緒にがやがや言いながら、甘酒作りをしていた頃が懐かしく思い出されます。

甘酒に牛乳かけるは夫流「うまいうまい」と朝より食す

甘酒が好物なりし関白は麹を買えと我を急かせる

鰆

夫との新生活がスタートして間もない頃、当時、倉敷市に住んでいた彼の両親は「公務員は給料が安いから……」と同情して、義母が送ってくれる鰆《さわら》の味噌漬は、実においしかったのです。白みそにガーゼを敷き詰めて漬け込んだ鰆の切り身のきれいなこと。その頃は鰆という名前さえ知らず、博多にも甘鯛やいくつかの味噌漬はありましたが、鰆は珍しい魚でした。

「美味しいだろう」と玄界の荒海の魚とは違い、瀬戸内海で採れる魚の自慢を、彼は盛んにしていました。

そして、平尾の山荘通りの近くに住んでおられた恩師の青山道夫先生におすそ分けしたところ、翌日、大学の研究室に来られて開口一番「有地君、あの味噌漬はおいしかったよ」と言われ、瀬戸内の魚談義がしばらく続いたそうです。

彼が言う通り、瀬戸内海は小魚までもがおいしいことは、後になって私も納得しました。ほかにもままかりの酢漬や、南蛮漬などの瀬戸の香りは、温かい両親への感謝の気持ちとともに、今でも忘れられない懐かしい味なのです。

新婚のやり繰り下手に故郷より瀬戸の香がするさわらの味噌漬

また、昭和三十二年頃はひどい住宅難でした。箱崎の九州大学に近い貝塚団地（公団アパート）の五階に、抽選で運よく入居することができたものの、国家公務員という身分を得たばかりの夫の給料では、公団の家賃の額（２ＤＫ・五千五百円也）は、あまりにも高すぎました。しかも、当時の公務員の月給は二回に分けて支給されるという、なんとも納得しがたいものでしたが、封を切らずに手渡してくれる夫の誠意に心が安らいでいました。

やがて香椎に建てられた公務員宿舎へ入居することができ、結婚五年目に娘が誕生して、家族三人の生活が始まりました。

当時は各家庭には電話も普及しておらず、先生からの急な連絡手段はすべて電報でした。今日のように進化を遂げて現実となった携帯電話などは、昭和四十年代に幼い子どもと一緒に観ていたアニメ「トムとジェリー」のような、まったくの夢や空想の世界で、現実のものとなるとは思いませんでした。

「すみません」他人行儀に言いたるがいつしか君は亭主関白

新婚の家賃の額に戸惑いぬ家計簿にらむ日々を忘れじ

夫婦

いつまでもこの気持ちを忘れずに、と誓い合って結婚した夫婦といえども、もともとは他人同士である男女の、愛情と信頼を絆にした人間関係なのです。

それは一歩間違えば、桶の周りの箍《たが》が外れるように脆いものです。

支えあってゆく夫婦が、なにより理想であることはまちがいないけれど、家事や育児、そして日常に生ずるあらゆる葛藤を乗りこえてゆく現実は、決して甘いものではありません。結婚後の一生を強い絆で添い遂げるのは、実にたいへんな作業なのです。だからこそ、夫婦の暮しには、気配りに加え、工夫と忍耐と努力が必要不可欠だと思うのです。

結婚して家族を構築し、「我が家」という「家」の力を、ひしひしと感じながら成長してゆく手段と、互いに相手の短所ばかりを見るのではなく、長所や性格を理解しながら、賢い対処法を見出す智恵が大切ではないかと思います。

「よけいなことは言うなするな」「おれの言う通りにすれば間違いない‼」と、まさに歌にある「関白宣言」と同じようなセリフを、私は何度聞いたことでしょう。

「こんなうるさい人は……」と思ったことは、一度や二度ではなく、笑い話ですが、今で言う「プチ家出」を決行しようかと浅はかな考えの時期《とき》もありました。いい加減なこと、大げさなこと、派手なことを嫌い、気丈で他人にも自分にも厳しく、ひたすら自己の目指す学問の道に専念するという生き方ゆえに、真面目で筋を曲げない頑固さ。私が家の改修工事などを言い出すと「家なんて住めりゃええんじゃ」と岡山弁が返ってくるのです。一方では、まるで駄々っ子亭主で寂しがり屋、また、優しい面と包容力もあり、昔の人間のように、古き物を大切にするというような気骨を貫く人でもありました。こういう夫の姿勢は常に子育てにも反映されていたと思います。

スタートから一年の紙婚式、十五年目の銅婚（水晶）式、二十五年目の銀婚式、五十年目に金婚式となり、石のように硬いダイヤモンド婚へとなる道のりは容易ではありません。

夫の死をきっかけに、一時うつ状態になった私は、いつの日か夫との死別がくることはわかっていても、実際に亡くしてみると、その辛さは想像以上のもので、あわせて人間としての自己の弱さと、これまでそばにいてくれて、ホッとしていた自分に気づいていなかったことを思い知りました。また、この秋（平成二十二年）、チリ北部で起こった鉱山事故で、三十三名の奇跡の生還を果たしたテレビのニュースを見るにつけ、「人間には『家族』ほど大切なものはない」ということを、改めて痛感しました。

夫の定年後、支え合って第二の人生を楽しんでいる夫婦もあれば、一方では、在宅する夫に振り回されて、ストレスに悩む妻も多いようです。また、昨今では、夫の協力を得られず不満をもつ妻の、熟年離婚が増える傾向にあると聞きますが、高齢化社会へと向かう現実をみつめて互いの老後のために、かけがえのない夫婦の絆を断ち切らないよう、工夫と努力で支え合って、添い遂げてほしいと願っています。

定年後の夫との生き方について、その対応に悩む主婦の相談に対し、評論家の樋口恵子さんは、つぎのような回答をされていました。

人生五十年時代の結婚は定年までの一幕もののド

ラマでした。今や人生百年時代、結婚第二幕が定年から始まります。ざっと三十年、ご先祖の多くは、この二幕目を経験することなく世を去りました。だから二幕目の台本はありません。今の定年後の世代が初代として台本を自らつくり上げていくわけです。あなたの悩みも、初代としての悩みです。折り合いをつけるにはお互いがまともにぶつかって論点を明確にし、その上で納得して妥協をする必要があります。あいまいにごまかすには、定年後の時間は長すぎます。ご夫君は今のあなたの「一人の時間がほしい」という願いを切実に受け止めていないかもしれません。

定年後の生き方について、ご夫婦はお互いに党首になった気分で、施政方針演説をなさるようにお勧めします。自分自身の人生の党首なのですから、折り合い、つまり妥協ができます。三度に一度は夫婦連れだって出かけるというように、うまく妥協が成立し、結婚が「解散」しないようにお祈りします。（「読売新聞」平成二十一年二月二十五日）

縁ありて共に歩みし五十年尽きぬ思い出胸熱くなる

新婚より味わいきたる喜怒哀楽　譲歩と妥協で添い遂げしなり

金婚式（五十年）を陶器婚式（二十年）の娘夫婦《むすめ》らと果たせぬままに夫《つま》は逝きたり

独り身に失う柱の大きこと悟りてむなし君去りしのち

結婚の記念日

一年目	紙婚式	二十年目	陶器婚式
二年目	わら婚式	二十五年目	銀婚式
三年目	草婚式	三十年目	真珠婚式
五年目	木婚式	三十五年目	さんご婚式
七年目	花婚式	四十年目	ルビー婚式
十年目	錫婚式	四十五年目	サファイア婚式
十二年目	皮婚式	五十年目	金婚式
十五年目	銅（水晶）婚式	六十年目 七十五年目	ダイヤモンド婚式

いさかい

けんかして三日気まずく過ごしたり子らの便りで雪どけとなる

諍《いさか》いは風呂場でひとり湯に流し「エイ！」とひと声明日へチェンジ

親友に「ちょっと聴いてよ」と憂さ晴らし涼しい顔で「お帰りなさーい」

押し入れの奥の木箱の夫婦椀使わず過ぎしことを悔しむ

玄関の改装工事を望みしが頑固な夫は首振らざりき

言い出せば理論でせまる頑固さに譲るこころで今日に至りぬ

虫すだく秋の夜更けは亡き人と会話しのびて眠りに落ちぬ

私が還暦を迎えた平成七年の一月。開くとぱっと花が飛び出す素敵なカードに、娘のメッセージとともに「ママへ　健康で長もちして下さい　亨」とひとこと書いてありました。なによりも嬉しい〝贈りもの〟で、今も私の引き出しのなかに残っています。

散髪

一人娘の真澄が結婚して、夫と二人だけの生活が続く毎日は、ささいなことで口げんかをしたり、また、他人が聞いたらおかしいような会話が、日常茶飯事となるのです。

元来、面倒くさがり屋の夫は、病気をしてから、床屋へまったく行こうとせず、入院中に私がしていた散髪が気に入ったらしく、以来、板の間に出した丸い踏台に腰かけて、素人床屋は毎月続いていました。終わると、小さなブラシで毛を払い、首から掛けたナイロン地のケープを外しながら、「ハーイ、三千円いただきまーす」と、私はいつも冗談を飛ばし、「ハイ、どうもありがとう」と満足そうな夫。いつもながら繰り返されていたこの風景は、平成十八年五月十四日の夫の手帳に、「散髪をする」と記されて最後となりました。

また、「おまえ、そろそろパーマをかけに行ったらどうですか」と、パーマが取れかけた私の髪の心配をする夫のセリフを何度聞いたことでしょう。美容院から帰り、「ただいまー」と書斎に声をかけると、ニコニコしながら「ええですなあ」と岡山弁。半ば冷かし気味に私の髪をつくように撫でるのが、いつもの夫の癖でした。そして、かならず「これが一万円か」といたずらっぽく言うのです。「まぁたー」と呆れ顔の私は笑いながら話を逸らせていました。

こんなたわいない日常の会話と、小言をいい合う日々の連続が、晩年の夫婦にとっては、何気ない幸せな時間であったと、つくづく思うこの頃です。

板の間で夫の散髪せしものを出る幕なくてハサミ錆びつく

幸せ

夕刊の片隅にキラッと光る記事を見つけた、と娘から届いた新聞の切り抜きは、脚本家・内舘牧子さんの「姿が在る幸せ」というコラムでした。読みながら同感すると同時に、もう少し若いときに気づけばよかったなあと思い、人間として生きてゆく過程での、何気ない「幸せ」を見つける心の目覚ましとなる内容だと実感しました。

姿が在る幸せ　脚本家・内舘牧子

いつも新年に会っていた女友達から、

「今年は会えないわ。母の介護で家をあけられないの。ちょっと目が離せないから」

と連絡があった。昨年くらいから、介護が負担になってきつつあるようだと察してはいたが、彼女は言い切った。

「私の現在の優先順位のトップは母なの。母がいることは私の存在意義だから」

私はその言葉を聞きながら、『千の恩』（岡上多寿子　木耳社）という本に書かれていた一節を思い出していた。

作者の岡上さんは陶芸家で、創作を続けながら認知症の母上を十年間にわたって介護した。絵本仕立ての明るい本なのだが、母との壮絶な日々と深い情愛が表裏一体で綴られている。そして今、見送った後の物足りなさを、次のように書く。

「人はこの世にいてこそ。

その笑顔、その言葉、そのまなざし、その温みまで『この世にいてこそ』です。

姿が在るということを、重く受け止めることがどれだけ大切か思い知らされました」

この実感は強烈だ。人が突然、姿を消してしまうのである。岡上さんは介護の日々を振り返り、「良い思い出だけが胸にあるというわけではありません」と書いている。しかし、それでもなお、「姿が在る」という、ただそれだけで幸せという実感。「のど元過ぎたから言えるのよ」で片づけることではない。介護とは関係なく、互いに生きて「姿が在る」ことの幸せは、老若男女すべての人間が心にとめておくべきではないか。

私は女友達が苦労をしながらも、優先順位トップを守り抜くことが、彼女をも幸せにする気がしている。

（「日経新聞」二〇一一年一月二十二日夕刊「あすへの話題」）

夫の字

「コンニチワ！　昨日、パパからの第三信が届きました。だけどねー。パパの字、私は全然読めません！　いつもパパからの手紙はママに読んでもらっています。岡山のおばあちゃんも、電話で、〝せっかく手紙がきたけど、何を書いとるのか、わからん〟って言ってたヨー。もっと、読めるような字を書いてね！……」

これは、娘が高校生のとき、パリに単身で留学していた父に宛てた手紙です。片付けの際に見つかり、思わず笑ってしまいました。

実は、夫の字が「読めない」「読みにくい」というのは、有名な話です。きっと夫の字に判読のご苦労をされた方も多いのではと、申し訳ない思いです。まめに手紙を書く人で、悪筆ではないのですが、少々せっかちな性分ゆえに、筆が走ってしまうのか、ときには自分の原稿もなんと書いたのかわからず、私と一緒に頭を抱えていることもありました。ちょっぴり文句をいうと、苦笑しながら「これでも小学生のときは、毎年揮毫会に出されていた」なんて反論していました。原稿はすべて手書きで、とにかく、夫の字には悩まされました。

夫はまったくの機械音痴で、娘が大学生の頃、帰省する度に何度かワープロの講習を受けていましたが、机の近くに鎮座したまま、ついにワープロの出る幕はありませんでした。

原稿の清書おりおり手伝いき専門用語を夫《つま》に訊きつつ

辞書めくり清書に時間《とき》を注ぎいし難字に苦戦の日々よみがえる

家族旅行

夫が多忙なゆえに、家族で旅行をしたのは数えるほどでした。娘は小学生低学年のころから少々諦めていたのか、不満らしいことは言わなかったし、一方で夫は出不精な面もあったのです。

子供が小学生の頃、春休みや夏休みの旅行に出かけても、途中で計画を変更して帰宅することもありました。理由は「原稿の締め切りに間に合わない！」なのです。

唯一印象に残るのは、娘が六年生のとき、岡山を訪れた際に、国の三名園の一つで、特別名勝に指定される後楽園をはじめ、河畔の

鷲羽山にて

水面に映る白壁の家々が並んだ昔ながらの風情ある倉敷の町や、自然の緑が豊かな蒜山《ひるぜん》高原、鷲羽山など、九州とは異なる風景を堪能することができたことです。

久びさに家族揃って秋深き夫のふるさと吉備路に遊ぶ

貸衣装のエピソード

昭和三十二年、六月の結婚式が近づいたある日、仲人をしてくださる青山道夫先生ご夫妻の「奥様が洋服にされるそうだから、君も洋服でいいよ」とあっさり言う彼に、私は「エーッ?」と一瞬びっくりしました。でも、ちょうどその頃、全盛だったアメリカ映画の「花嫁の父」が評判になっていて、主演女優のエリザベス・テーラーの華やかなウェディングドレスに、私も少なからず憧れを抱くひとりでした。「じゃあ、ジューン・ブライドで」、ついでに「お色直しも止めよう」と、私もあっさり、母にも相談せずに決めてしまったのです。当時はまだ、ウェディングドレスの貸衣装をする店も少なく、近くにある行きつけのハリウッド美容室へ、母とかけ込んだことは懐かしい思い出です。初孫の着物の花嫁衣装を心待ちにしていた祖母は、ちょっとがっかりの様子でした。

そして、いよいよ独身最後の彼の手紙には、「なにもかもこれから築き上げなければならないのですから、お互いにしっかりやりましょうね」と、妻となる私へのエールが添えられていました。

私の結婚を誰よりも一番喜んで支えてくれた母は、夫より二年前の平成十六年の春、九十二歳で他界しました。母は、福岡県立直方高女（現在の直方高校）を卒業と同時に父親を亡くし、やがて兄たちや、親戚の叔母らが勧める見合いをして、古くから博多で船具店を営んでいた商家の、長男だった父のもとに嫁いで来たのです。本家の長男の嫁として苦労を重ねましたが、愚痴ひとつこぼさず、明治（四十四年生）の女を辛抱強く生き抜いた母でした。

私が生まれ育った実家は、福岡市赤煉瓦文化館（旧日本生命九州支店・国重要文化財）や、中洲の水上公園が目の前に見え、那珂川の流れにかかる西中島橋のすぐたもとにありましたが、私が市立大名小学校五年生だった、昭和二十年六月十九日の夜、福博の空を赤く染めたB29迫撃機による大空襲で、跡形もなく灰となりました。

つづく戦後の都市改革でほとんどが道路に摂取されてしまい、残る地所に父が建てた家は、私が嫁いだのち、父親の事業の失敗でついに人手に渡り、さらに、追い討ちをかけるように、ガンを患う兄の不幸が重なりました。現在は、川沿いに駐車場や高層マンションが建ち並び、時代の移り変わりをひしひしと感じます。

父の代で中島町と縁が切れましたが、福岡市「天神」の地名が由来する、水鏡天満宮の境内の石灯籠に、氏子だった曽祖父からの名が刻まれているのが、せめてもの慰めとなっています。

嫁ぐわれに「夫の友を大切に」授けし母の面影しのぶ

赤あかと火の雨降らす焼夷弾街並み荒れて震え止まらず

戦災に生家焼けたりそののちをバスの往き通う道路《みち》と変われり

有地《ありち》という名字

夫の父親は岡山県矢掛《やかげ》という村（町）から、有地の三人姉妹の長女だった母の家に養子として迎えられ、京都大学時代に司法試験を受けて裁判官となり、私が知る限りでは、読書を好む実直で温和な人でした。母親は茶道や謡を嗜み、家のことは一切取り仕切る思慮深いしっかりした人でした。退官後、公証役場も辞めた父は、岡山市の郊外にある簑島《みしま》の小高い丘の一軒家に移り住み、母と二人で野菜作りに勤しみ、新鮮な収穫物を私たち身内や知人に送ることを楽しむ余生でした。やがて父に続いて、大阪の兄も亡くなり、住み慣れた家を離れることができない母の介護問題が浮上しました。当時は介護保険の制度もなく、大阪で医師を続けていた兄嫁と私は岡山の母を見舞いに幾度となく通いました。兄嫁をはじめ、親戚や多くの人に支えられてしのぐことができ、平成二年、夫の転職と同時に、母は八十九歳でこの世を去りました。

初対面のとき、私が珍しい名前と思った「有地」という名字の由来は、地名から起こっているらしいことをのちに知りました。関西の新聞に掲載された切り抜きを、西宮市の今田大六氏が送ってくださったのです。夫からも多少は聞いていましたが、詳しいことはわからず、今日まで日常の多忙にうち過ごしていました。

福山から夫のお参りに来られた方の話から、思いがけず私が知らなかった詳しい資料を手にする機会を得ました。兄嫁と私は少々驚き、亡き夫にぜひ届けたいと思いました。

有地の本籍地である広島県福山市芦田町大字上有地は、かつて「有地郷《ありちごう》」と呼ばれた地形で、視界の中央に芦田川、その支流に有地川《あるじ》が大きく蛇行し、この流域に広がる上有地・下有地一帯は、古代の芦田郡狩道郷《かりじごう》の故地ではないかといわれ、「有地」は「狩道《かりじ》」の転訛《てんか》だともいわれています。

狩道は古代備後国芦田郡の「里」の一つとして古墳も多く、栄えたところだったそうです。

室町時代後期、この地を支配したのが、備後の国人として有名な有地氏《あるじ》だったと言われ、度重なる戦乱に備えて、高い山頂に城を築いて防備を固めた有地氏の城跡は、中世山城の戦国期のあらゆる変遷を経てきました。

有地氏は宮氏の一族で、記録によれば、文明十八（一四八六）年に没した宮長門民部左衛門尉信定を初代とし、石見守清元、刑部少輔隆信、元盛と続き、芦田町の上有地・下有地に土着して、「有地氏」を名乗るのは清元の代とされています。

地域の中世史の研究によると、中世に遡る歴史のある地域ならば、山城や城館の遺跡は、どんな山間僻地でも必ず一つや二つは残されており、それは土に刻まれた過去からのメッセージで、そこには山城を築いた国人、土豪や農民たちの秘められた歴史の息吹きがあるといわれています。

名字百科

有地さん

有地《あるち》という名字はありそうでなかなかない。

それというのが、有田、有山、有村、有岡などに名字を変えてしまうからだ。

この名字が地名から起こったのはまちがいない。

神に賜った地に住む

「有」の字は「そこによい土地が有る」という神のご宣託《せんたく》を意味する。人々はそのお告げにより、目的の地に出かけて開拓し、移り住む。いわば神の下し賜った土地で「地もらいの土地」とも言う。

一例をあげると、広島県福山市の郊北に有地（いま芦田町有地）という地名がある。芦田川が洪水で河岸の住居が埋没したとき、ここへ農民の一部が避難し、新しい村づくりをした。

昔は備後《びんご》国葦田《あしだ》郡有地村といったが、その領主は『古事記』開化天皇の段に見える息長日子《ひこ》王《みこ》の裔《すえ》で、いわば神の子孫である。足利幕府の頃までは宮姓を称していたが、大永の頃（十六世紀前半）は地名を名乗って有地にしている。『安西軍策』に見える有地美作守《みまさかのかみ》以後はこの姓でつづいている。

姓氏研究家・丹羽　基二

（次回は九十九里さん）

（「読売新聞」平成6年2月13日）

備後の山城は、「備後古城記」にみえる山城だけでも総数二十四城以上だといわれ、しかも、宮氏の本城として有名な亀寿山城や、勢力下にあった城を含めると五十城は超えていたそうです。

この地に城を築いた有地元盛は、芦田町上・下有地を本拠とした有地宮氏の三代目で、父祖の跡を受けて勢力を飛躍的に拡大し、新たにその支配下に入った新市方面を押さえる

相方城遠望

相方城近影

ため、居城を芦田町の大谷城から相方城《さがた》に移したと伝えられています。

有地氏は、元盛の父、隆信の代に戦国大名毛利氏の支配下にあり、天正年間に至って国人としての立場を維持していました。天正十九（一五九一）年ごろ、毛利氏によって出雲国に移封されるまで、相方城はその領域支配の要として重要な役割を果たしたとされています。

当城の主郭部の総石垣は、その遺構の特異性から、戦国末期に大名毛利氏が、直轄城として十年の歳月をかけて築造されたと言われています。

今も福山市の新市町に残る「相方城」跡は、主郭の周囲に一部石垣が残存しているそうで、安土・桃山時代に有地氏が居城にしていたという十六世紀後半の山城は、現在では芦田川に沿って天守閣の代わりにテレビ塔が建っていると聞き、現代的な感を強くしています。

もはやこの地を夫と共に訪ねることは叶いませんが、何百年というときを超えてきた城跡を、太古のくらしを想像しながら、一度自分の目で、歴史に触れてみたいと願っています。
夫の両親や兄、早世した姉は、福山市の山里に古くからある寺に祀られていますが、「僕は二男だから」と言う夫は、学生時代から縁が深い福岡市を希望し、また供養する家族への配慮もあって、今はかつて九州大学での教え子が住職をされる市内のお寺で静かに眠っています。

（資料・写真提供＝福山市在住・平田恵彦氏）

月命日心の対話和むなり日差しを避けて納骨堂へ

追悼集

書斎の片隅に残されていた原稿が、門下の方のご尽力で『日本の家族』（海鳥社）として上梓されました。続いて、同じ研究分野の後輩の方々のご厚意で、亡き夫への思い出となる追想の書、『変貌する家族と現代家族法 ― 有地亨先生追悼論文集』（法律文化社）が、平成二十一年の秋に出版されたのです。

夫の嬉しそうな顔が目に見えるようで、共に感謝の気持ちでいっぱいです。

亡き夫《つま》の追悼集を賜いたり三年《みとせ》経ちても幸福《しあわせ》な君

追　想

ねだりくる雀《すずめ》の親子を友となし無心に餌をきざみいし夫《つま》

娘《こ》の犬のケヴィンと庭に遊ぶ夫餌与えすぎ叱られるなり

公園でカメラ構えし君想う桜の便り今年も巡り来《く》

長年の夫の日課の拭き掃除亡きのち床はつやを失う

こばなせんな

「一組も離婚がないよ」と嬉し気に夫は語る仲人みょうり

単身でパリに留学したる夫なじめず三月《みつき》早く帰国す

学会に出でし合間に羽根のばし帰宅の電話に慌てたる我

好き嫌い食にうるさき関白よ小言の聞けぬ今宵は侘し

こばなせんな枝垂《しだ》れ咲き満ち亡き君の想い出たどり秋は深まる

赤とんぼ

雨戸繰れば光差し込む仏壇に「パパおはよう」と今朝も声かく

ショルダーで君が通いし陸橋は跡形もなく街と変われり

さくばくと汽車の音《ね》響きし操車場千早駅へと変貌を遂ぐ

水仙の香り慕いて出でよ君降る粉雪に願いをこめむ

つつじ

幾たびも庭飛び回る赤とんぼ夫のみ霊《たま》かあざみに憩う

亡き夫が銀婚式に植えくれしのうぜんかずら一際燃ゆる

手入れせぬ垣根のつつじに春は来ぬ濃きくれないに元気を貰う

玄関にひっそり光る夫の靴「いつまで置くの」と娘は笑う

聖堂に響く君の名聴き入りて過ぎたる日々の面影を追う
（二〇〇六年十一月二日　聖心女子大学ミサにて）

のうぜんかずら

転居

昭和三十八年のクリスマスイブの日、一歳四カ月の娘を連れて、赤土でぬかるむゆるやかな坂道の、小高いところに建てられた県の分譲住宅へと引越しました。当時はまだ先駆けで、「分譲住宅……?」と、珍しい時代でした。あれからいつの間にか四十数年が経ちました。

夫を見送ってから、独りではままならぬ暮らしに、寄る年波と共に逆らえない私は、長年家族の生活を営んだ「松崎団地」から「香椎ヶ丘」、のちに町名変更で「舞松原」となった懐かしの我が家に、別れを告げる決心をし、マンションへ移りました。

君と居し舞松原の地を離るつのる思いに胸熱くなる

詫びながら夫の形見を整理する思いを断ちてこの家去らん

玄関に色あせ下がる表札を我は抱きしめ共に越したり

炎《ほむら》立つ激しさ秘めつつ純情な少年のまま君は逝きたり

研究の旅路を終えし君の霊《たま》安らかなれと朝夕祈る

アマリリス

「西日本新聞」連載

有地亨「夫と妻の風景」「親と子の風景」

進化を遂げるIT時代、日進月歩のごとく若い人たちの生活様式や、考え方などあらゆる点で変化しているなかで、大切な「家族」である夫と妻、親と子の風景は、昭和の終わり頃から平成へのこの二十数年の間に、どのように変化してきたのでしょうか。

妻の多くが仕事を持つようになり、夫も積極的に家事・育児に参加し、一方では、それらをサポートする企業も現れてきましたが、相も変わらず夫の暴力に悩む妻のDV（ドメスティック・バイオレンス）問題、若い母親、またその交際相手による悲惨な子殺しなど、想像もつかぬ事件の多い昨今を、夫は憂いているのではないかと思います。

かつて夫が「西日本新聞」にシリーズで提唱した記事を、少しでも「家族」が理想とする夫婦、親子の関係であるように願いながら掲載することにしました。

今後、この風景はどのような変遷を辿ってゆくのか、その手がかりにでもなれば、亡き夫も望外の喜びと思います。

■夫と妻の風景　今、家族のきずなは――

日本の夫婦の実像　夫唱婦随から友達型へ

愛情主体の結婚へ

昭和三十年代後半に始まる高度成長の時期から、夫婦と未成熟子の核家族が一般化し、四十年代になって、若者の高校、大学への進学率が急上昇するという事情の下に、平均結婚年齢が上昇し、結婚観も大きく変わった。そして、五十四年ごろから、結婚の相手を決めるときに、親や周りの人の意見を聞くよりも、あくまでも自分の意思で決めるという若者が男女とも六割以上になった。日本の結婚も愛情を主体にする結婚へと移っていった。

これと同時に、夫婦関係もそれまでずっと長い間夫唱婦随の内助の功型であったのが、欧米とおなじような夫婦対等型に変わりつつあるといわれる。このようになると、日本の夫婦も欧米の夫婦とまったく同一の型になってしまうかというと、どうもそうともいえない面が目につく。

日米の差はっきり

六十、六十一年に日本性教育協会と日本青少年研究所が行った日米の二十歳代、三十歳代の男女の調査によると、日米の夫婦の差がはっきりと出ている。夫婦の共同行動について、アメリカの夫婦はコミュニケーションも、行動も活発で、日本の夫婦の約二倍。日本で一番多い夫婦の共同行動は週一、二回程度の子育てについての話し合いである。アメリカでは、「夫婦だけで楽しむ」「個人的な問題についても互いに話し合う」というような、夫婦に関するものが七、八割を占め、夫婦で生活をエンジョイしている。

日本の夫は仕事が忙しいとか、話題に乏しいとか、外で職場友人と飲むとか、理由はさまざまであろうが、とにかく夫婦が一緒に家庭で話し合ったり、行動をともにすることが極端に少ない。夫は家庭、子育てをすべて妻に任せて安心しきっているかもしれないが、夫婦間でいろいろな話題についてゆっくり話し合う慣行が根付いていない。家族生活上の意識や慣行の変化のスピードは遅く、変わるのは容易ではない。したがって、それらを変えたいと思うならば、意識的に変えていこうとする努力をしなければならないと思う。

時代の流れとともに

もっとも、ＰＨＰ研究所によって昭和五十五年に行われた、東京都に居住する二十歳、三十歳代を対象にした調査では、注目すべき結果が出ている。望ましい夫婦関係について、夫婦がお互いに人格を尊重し、結婚生活では同等の責任を果たしていこうという、パートナーシップ型が三四パーセント、また、お互いに束縛をなくして生活していこうという、友達夫婦型が二四パーセント、双方で六割に近く、夫唱婦随型は三三パーセントにとどまる。未婚女性では、パートナーシップ型と友達夫婦型の二つが実に七〇パーセントに近い。夫婦関係も時代の流れとともに、これからは徐々にではあるが、変わっていくであろうと予測される。

夫の不貞　問われる従来の女性観

戦後も続く浮気

戦後、すでに四十年以上たっている。明治以来続いていた男性優先の「家」制度も消え失せ、夫婦が同じようにお互いに貞操を守り合うことは知り尽くされているし、また、浮気は男の「甲斐《かい》性《しょう》」という意識もなくなってしまっているはずである。にもかかわらず、この四十余年間、ずっと新聞の身上相談や投書欄に入れ代わり立ち代わり、不貞の夫についての妻の訴えが登場している。

昭和五十年以後、話題になった「紅皿」をずっとみても、五十五年九月の「『離婚』について」、五十七年二月の「熟年再出発・粗大ゴミ論争」、六十一年十一月の「夫婦物語」などは、いずれも夫の浮気を嘆く妻の投書が発端である。

夫の浮気の原因については、夫婦の性生活のアンバランスとか、夫婦間の愛情、会話などの交流の不存在とかが挙げられているが、時代は変わるけれども、相も変わらず続くのが夫の不貞である。

女性側から離婚

これに対して、少しずつではあるが変化を示しているのはこのような不貞の夫に対する妻の対応の態度である。

昭和四十年後半から五十年の初めにかけて、女性の結婚に対する意識が大きく変わり、五十四年には、離婚の調停申し立てのうち、女性からの申し立てが六割を超え、夫婦でありながら、夫と妻とは別個という考え方が女性の意識の中に定着しはじめた。

それまではずっと、妻には夫に浮気され、絶望しながらも、子供のために泣きながら耐え忍ぶというタイプが多かった。ところがこのころから、はっきり別れたいと、夫に三くだり半を突き付ける妻が現れ出した。これらの変化には妻の側に、夫婦は愛情を基礎にしているから、それを大事にすべきだという自覚が芽生えはじめたことや、自分ひとりの腕でなんとか食べていけるという自信が、その背景にあるように思われる。

〝対等な裏切り〟

「紅皿」でも、裏切られた妻が自分は捨てられたとは思わぬ、裏切った夫を「粗大ゴミ」に出したと思い、再出発すると言い放ち（五十七年一月十九日）また、離婚して母子でしっかり手をつなぎ生きて行きたいと決意を述べている（五十五年九月二十五日）。そのような対応の仕方だけではない。結婚十二年、夫は家庭を破壊する気はないと言いながら、どうしても愛人との縁を切らないので、私も浮気をしたいという妻の相談さえみられる（「読売新聞」昭和六十二年九月四日「人生案内」）。信頼を裏切る行為をした夫に対して私も同じように裏切り行為をするという妻の怨念《おんねん》である。妻は、背信行為をした夫を許すことができるとすれば、自分もだれかに抱かれて夫に対して罪の意識を持つことだ、という夫婦の愛情を至上と思う気持ちからであろう。

女性を遊びの対象や家事・育児の分担者など手段化して考えがちだった従来の女性観は、今後、女性からますます厳しく問われていくだろう。

「フリン」の時代　人間的触れ合い求める妻

生殖と離された性

最近、たしかに、家庭裁判所の調停でも、妻が他の男性とつきあい、離婚したいという申し立てが目につくようになった。赤塚行雄さんは今日の主婦の浮気が多い現象を指して「フリン」の時代と言う。

不倫は人倫に反する行為だが、その意識が稀薄になったので、いまはカタカナで書くしかないとおっしゃる。

昭和六十年の秋、妻の浮気やしっとを扱った連続テレビドラマ「金曜日の妻たち」が主婦層だけでなく、若い女性を含めて大変人気を呼んだ。その後、〝金妻〟は流行語にもなった。

四十年代になって、恋愛結婚が見合い結婚より多くなり、その後主流になっていくが、それに比例して奇妙にも浮気をする妻が増えている。それは結婚の型よりも他のことに原因がありそうだ。その一つは、主婦の職場進出が増加し、対人関係も広がり、浮気のきっかけも増加しているという事情である。もう一つは、性に対する考え方が大きく変わってきたことである。性はこれまで長く生殖と離れ難く結びついていたが、平均寿命が延び、出産する子の数が減少するとともに、生殖と切り離された性生活が重要になり、性は刺激、人間的な触れ合いとの意味を持ち始めている。

浮気体験の電話続々

少し前になるが、五十八年一月二十日、RKB毎日テレビが妻たちの婚外性行動の特集番組を放映したことがある。そのため、視聴者から妻本人の浮気体験談を電話で受け付けたところ、朝十時から二十分間、十台用意した電話は鳴りっぱなしだったといわれる（「西日本新聞」夕刊、五十八年三月三十日）。

その内容は、「子供の担任の先生がいつも突っ張っているので、男の顔に戻ったときどうなるかに興味があって、ちょっかいかけたらすぐ反応した」「生活に特に不満はないが何か寂しいので」「冷たい夫への腹いせ」とさまざま。自らの体験の堂々の告白であったという。

五十八年に発表された共同通信社の調査『現代社会と性』では、ここ一、二年間の配偶者以外の者との性体験について、管理職の夫の二二パーセント、一般の夫が一八パーセントが体験ありと回答している。他方、夫以外の男性と性交渉の体験があったと告白した管理職を夫に持つ妻は五パーセント、一般の夫をもつ妻が三パーセントである。

ところが、夫の方は楽天的で、妻に婚外交渉があると思うと答えた者は管理職で一パーセント、一般で一・二パーセントにすぎない。妻が挙げる婚外交渉の動機は「人間的な触れ合いが欲しかった」（五五パーセント）、「新鮮な刺激」（一四パーセント）、「性生活の不満」（一四パーセント）が主なものである。

夫との間で、人間的な触れ合いが得られないから他の男性に求めるというのは短絡した行動ともいえよう。しかしながら、夫は妻が自分との間に人間的な触れ合いを求めていることを自覚して、本当に心の通った交流をするように心掛けなければ、妻の気持ちはますます離れていくことになろう。

シングル　多様化が進む生活形態

婚姻を届け出ぬ男女

核家族を構成する多くの夫婦以外に、独り暮らし、離婚した人、離婚のあとまたは未婚のままで、働きながら独りで子育てをするシングルマザー、結婚という形に縛られたくないと宣言して婚姻の届け出をしない男女、別居結婚など、今日、男女、とくに女性の生き方は多様化している。

これは、おそらく、結婚を生涯継続して完結しなければならない一回的なものと受け取るよりも、人生の一つの生活の仕方と考える人々が増えている結果である。

どのような形態の生活をするにしても、現行法制の下では、婚姻の届け出をしないことには、生まれ出る子供にとって不利益になることだけははっきりしているのに、緊張感を保って生活するために、あえて届け出をしない人々である。

シングルは昭和六十年の国勢調査によると、二十五－四十九歳の女性二千二百四十四万人中、離婚、死別を含めて三百五十七万人。とくに、二十五－二十九歳の未婚率が高い。五十五年には、二六パーセントだったのが三一パーセントになった。都会ほど多く、東京ではその五年間に三七パーセントから四三パーセントまで増えた。

束縛されたくない

六十一年秋、行われた二十－五十九歳の女性を対象にする生命保険センターの調査では「あえて結婚する必要はない」と答えた者が三七パーセントもあった。この傾向は年齢が低くなるほど顕著で、未婚が四七パーセント、既婚三六パーセントである。結婚する必要がないと思う理由は「ひとりでも経済的に十分生活できる」が五六パーセントでトップ。ついで「夫や家族に自由を束縛されたくない」の一九パーセント。

先日も、ある新聞に「別居結婚」という投書が載っていた（「毎日新聞」昭和六十二年十月二十一日「女の気持ち」）。友人の結婚披露に招かれたが、友人の夫は福岡、妻は長崎でそれぞれ住み、週に一度の逢瀬《おうせ》を楽しむという、恋愛時代と変わらない生活をしようとする夫婦の紹介である。

このような別居結婚も増えているが、夫婦がお互いにパートナーとして認め合いながら縛られずに、自立した生活をしたいという、新しい発想から生まれたものである。

疎外してはならぬ

吉広紀代子さんは『非婚時代』（朝日文庫）の中で、シングルライフは時間、精神、経済、転職などの自由の長所をもつが、異性とのスキンシップを欠くとか、子の出産、養育が難しいとか、病気などの対応に限界があるとかの短所をも挙げる。

結婚が安定性を支える代償に、多くの負担や束縛を背負い込ませるところに、結婚以外の多彩生活を選ぶ契機がある。価値観が多様化すればするほど、今後、生活形態は多様化すると考えられるが、男女がしきたりや社会通念に挑戦して自分の人生を自分の手で選び取る自由は尊重されなければならない。これまでの結婚形態だけが標準であって、それ以外の生活形態は異常なものとして疎外する社会であってはならないと思う。

夫婦別姓　対等で自然な関係への願い

改正意見も論議

このところ、男女が結婚すれば、どちらか一方の氏（性）を名乗らなくてはならない規定（民法七五〇条）は不合理だとし、夫婦の別姓を求める声が高まってきている。

三年前、日本弁護士会では、女性弁護士が中心になってこの規定の改正を試み、夫婦が別姓を選ぶことができるようにすべきだとの改正意見を提出し、論議されたが、まとまらなかった。

夫婦別姓を説く女性も多い。井上治代さんの『姓―女性の〝姓〟を返して』（創元社）、また、私の知人の星野澄子さんの『夫婦別姓時代』（青木書店）はいずれも夫婦別姓の主張である。

今日、シングル、非婚、別居結婚というように、女性の生き方が多様化しているし、また、離婚、再婚も頻繁である。このような状態は女性に結婚、再婚のたびに姓を変えることを強い、夫婦同氏の不都合を感じさせている。

日本だけ法の強制で

昭和五十八年に結婚した人の九八・六パーセントが夫の氏を夫婦共通の氏とする届け出である。

この実態からは、男性には、夫婦同氏であろうと、別姓であろうと、あまり痛痒《つうよう》を感じないわけであるが、女性の場合には、結婚すれば姓が変わってしまうのである。女性が姓にこだわるのは、ひとりの人間として夫との間に対等で、自然の関係をとり結びたいという願いからであろう。

星野さんによれば、世界の主要な国で、法律上の結婚の成立に当たって、夫が自分の姓を続称する場合に、妻に自分の姓を失わせることを強制する国は一つもなく、日本だけが法という強制で自分の姓を失わしめられるのはおかしいという点にある。

氏（姓）は家の氏であったが、戦後、家制度は法制度上廃止され、それと同時に、姓は個人を識別する呼称となり、私たちはそのように教えてきている。私たちの世代（昭和一ケタ）の者の多くは自分の結婚のころは姓についても素直にそのように考えていた。

呼称以上の意味が

上智大学教授花見忠さんはいまウルグアイ大使の赤松良子さんと結婚するときにジャンケンで決め、妻の姓の届け出をしたという逸話がある。その真偽は定かではないが、当時の姓に対する一般の考え方を端的に示しているエピソードである。戸籍とも連動し、四十年たって氏が呼称以上の意味を持ち始めたところに問題がある。

今日、夫婦別姓ではなく、夫婦、親子は同一であってもよい、ただ結婚の際に、どちらか一方の姓ではなく、第三者の姓を選ぶことができるよう選択の範囲を広げよとの意見もある。

他方、若い女性には、結婚して改姓することへのあこがれがあることも事実である。好きな男性の下に自分の名前を書くことに心をときめかす気持ちである。たかが姓の問題と言う人がいるかもしれないが、九八・六パーセントが夫の姓を名乗っている実態に夫婦同氏の強制が重ね合わされると、夫婦が対等でないという実態を浮かび上がらせるのが姓の制度である。

役割分担　崩れる〝夫は外、妻は内〟

現れ始めた変化

十四、五年ほど前から、夫は外で働き、妻は家庭内で家事、育児に専念するという、夫婦の役割分担体制に変化が現れ始めた。

一九七五年にメキシコで開催された国際婦人年世界会議の行動計画の中で、男女平等を確立するためには、まず家庭内の性別役割分担を変えることが必要と宣言された。

他方、フェミニズム（女性解放論）の台頭、働く女性の増加などもあって日本の家庭では、少しずつ夫婦の役割分担意識が変化し始めた。

総理府の調査によると、「男は仕事、女は家庭」に同感するのは五十一年の四九パーセントから五十九年には四一パーセントに減少した。

同感しないは逆に、三六パーセントから四〇パーセントに増え、とくに若い世代では七〇パーセントにもなる。

自分を殺してまでも

今秋も、つぎのような投書が「紅皿」に載った（昭和六十二年十月十五日「西日本新聞」）。福岡市の十九歳の主婦である。結婚し、子供が生まれ、専業主婦となって毎日疑問に思うのは家事、育児の役割分担のことであって、女が男と区別され、「自分を殺してまでも我慢して成り立つ家庭はゆがんでいるのではないか」という疑問をぶっつけている。

かつては、女性が結婚して家事、育児を担当するのは自然のこととして受け入れられていたのが、今日では、自分を殺してまでなぜしなければならないのか、本当に一生をかけるにふさわしい仕事なのか、という疑いをもつ女性が増えている。

家事、育児はなくてはならない重要な仕事であるけれども、今日の社会では日の当たらないシャドーワーク、それ自体としては人間の生き甲斐を与えるような仕事にならないという矛盾に突き当たる。

戦後、幾度か議論された主婦論争も、主婦の役目は職業と家庭のいずれにあるのかの繰り返しであって、その中で、夫がどのようにかかわり合うのか、夫の役割として家庭内で果たすべきものは何かがいちども問われなかったのは奇妙なことである。

専業主夫の志願者も

妻が働く場合には、家事は夫も子供も妻に協力して分担しなければ、妻は仕事と家事の二重の負債で潰れてしまうことになる。

ある週刊誌（昭和六十二年五月一日号「週刊朝日」）が新男類という若い夫が目立ち始めたと伝える。終業三十分前、「お先に失礼します」と職場を後に保育園にかけつける男、慣れた手つきでわが子のおしめを取り換える男、専業主夫を志願する男たちである。

ただ、若い女性の中に、専業主婦志望がかなり多いのも事実であって、これが変化のスピードを鈍らせている。女性が男性と同じように、総合職として働くことにあまり魅力を感じないで、むしろ、家事を一切任せられ、育児に当たるマイホームの生活を夢み、結婚をもって永久就職とする気持ちが根強くあるのが気になる。

ダブル・インカム　貯蓄にゆとり見せる

有職率は四十代トップ

結婚後も夫婦が働くことが一般化するにつれて、当初は〝共稼ぎ〟と呼ばれていたが、〝共働き〟

に変わり、最近ではダブル・インカム・ファミリー（二倍所得家族）といわれている。女性が結婚後も男性と同等に就業を続けることが定着したアメリカから来た言葉である。

日本でも、昭和五十八年に働く主婦は農林、自営業を含めて五〇・三パーセントと半数を超え、ダブル・インカム・ファミリーの時代に入ったが、事情は多少アメリカと違っているところもある。ある調査では、主婦の有職率は四十代が一番高く、ついで三十代。五割を割るのは出産か子育て期の二十代と五十歳以上である。

これらの主婦の仕事の内容としては、フルタイムの正社員として働いている者は少数で、ほとんどはパート・アルバイト、自営手伝いであって、その収入も多くない。彼女らは自分の小遣いくらいは自分でまかなうという意識の者が多い。それでも、二十年ほど前からみれば著しい変化ではあるが、ひとりの人間として経済的に自立して活動していくにはまだ距離がある。

働くには夫の協力が

妻が働き続けるのには困難を伴う。昭和六十一年に福岡県が離職中の女性を対象にした調査では、働く女性の九割は家庭と仕事を両立させて働きたいとの希望をもち、そのためには、九六パーセントの者が夫の理解と協力を必要と言っているし、仕事を続ける上で一番障害になるのが出産、育児であるという。

それでは、働く主婦の所得はどれほどで、彼女たちはどのように使っているのか。少し数字が多くなるが我慢して頂きたい。

昭和六十年の三和銀行の調査によると、主婦の月々の決まった小遣いの平均金額は、フルタイムが三万二千三百円。パートが二万五千四百円、専業主婦が三万二千八百四十円で、三者の差はほとんどない。

財産もつ専業主婦

また、自分名義の貯蓄額もフルタイムが百五十七万六千円、パートが八十三万八千円、専業主婦が百五十八万四千円で、専業主婦がフルタイムと同じくらいに財産をもち、パートが一番少ない。これ以上数字を挙げるのをやめるが、他の資料をみても、専業主婦というのは財テクなどに熱心で、へそくりも多く、居心地のよい椅子であるかもしれない。

昭和五十八年の野村証券の調査によると、働く妻は平均では月収九万六千円、主な使い道は二万八千円を貯蓄、二万四千円を家計補助、一万八千円を自分の小遣いに充てている。昭和六十一年の総務庁の調査では、二ポケット世帯は一ポケット世帯にくらべ、消費では少ないが、貯蓄では五ポイント多く、生活にゆとりがあることは否めない。

あれこれ考えると、若い人が結婚後も仕事を続けるというのは、生活のゆとりを得たいというのもさることながら、育児終了後に仕事をして生き甲斐のある生活をしたいというところに、その主眼が置かれているようである。

単身赴任　行くも残るも悩み多い

深刻な社会問題

全国で単身赴任者は約十七万人といわれる。昭和五十年代の終わりごろから、単身赴任した支店長の自殺、単身赴任したサラリーマンの残された妻子の一家心中などが起こり、単身赴任者とその家族の深刻な悩みが浮き彫りにされ、社会問題になった。

六十二年十一月、総理府が発表した調査では、単身赴任について「すべきではない」の拒絶型と「仕方がない」の消極的容認型はほぼ同数である。「仕方がない」と思う理由を聞くと「学校など子供の教育」（五九パーセント）、「会社の方針や慣行」（三五パーセント）、「家族に病人がいる」（三九パーセント）、「同居している親の問題」（二七パーセント）である（複数回答）。

酒・たばこ量増え

五十九年秋、ＮＨＫ教育テレビが行った大阪、名古屋の単身赴任者の調査によれば、赴任後、「たばこの量が増えた」が二五パーセント、「酒の量が増えた」が四九パーセント、また家族のもとへ帰る回数は月一回が三八パーセント、二回が三四パーセント、「セックスのことでせつない気分になったことがあるか」では、「ある」は六四パーセント、「ない」が三六パーセントである。単身赴任後、浮気した経験は、「ある」が二二パーセント、「ない」が七八パーセントである。

夫が単身赴任先で、浮気をする数は意外に少ない。夫は二重生活費と往復の旅費がかさみ、生活費は切りつめられるし、また、仕事が忙しく、そんな余裕はないというのが実情であろう。

留守妻に疲れ、不安

妻はひとりで留守をあずかって一切を切り盛りし、思春期の難しい時期の子供との心理的かっとうにくたびれてしまい、疲れと目標もない、不安な気持ちを酔いでまぎらわそうと、キッチンドリンカーになる者も出てくる。また、次のような実例も紹介されている（六十年四月二十六日号「週間朝日」）

夫が単身赴任した妻（三十歳）は夫からの電話もないし、帰ってもこないので、いらだち、夫の所に行ってみると、洗濯物はキチンと洗われているため、夫は浮気でもしているかもと疑心暗鬼である。夫に電話をしても通じなかったり、夫は忙しいためうるさがったりした。妻は体に変調をきたし、月のものは遅れ、体のふしぶしが痛み出した。医師はセックスへの不満からの心気神経症と診断した。

このような妻もいる。夫の単身赴任中に、妻は自分の生活を見直す機会をもち、あらためて夫の存在を認識する者もいるが、逆に、自分らしく生きたいという思いから離婚に踏み切る者も出てくる。

単身赴任は現状では、赴任する側も残された側もさまざまの深刻な問題を抱えて悩んでいる。単身赴任には、本当に合理的な配転かどうかということのほかに、入試を含む教育問題、老人問題など同時に解決されなければならない今日の社会問題が絡んでいる。

夫婦間レイプ　砂をかむような性関係

評価された判決

夫婦間でも婦女暴行罪（強姦罪）が成立するかどうかが争われた、いわゆる夫婦間のレイプ事件の第一審、第二審の判決が出て、注目を浴びたことがあった。

夫の度重なる暴力に耐えかねて実家に逃げ帰った妻を夫が友人と強引に車で連れ帰る途中で乱暴した事件で、六十一年十二月十七日、鳥取地方裁判所は、夫に妻への婦女暴行罪を適用し、実刑判決（懲役二年十月）を言い渡した。

六十二年六月十八日、広島高裁松江支部は一審判決を支持して控訴棄却の判決を言い渡した。その理由は、夫婦間でも結婚が破たんして名ばかりの場合に、夫が強引に妻に性交渉を迫れば婦女暴行罪が成立するというのである。

これらの判決に対して、多くの識者は画期的との評価を与えた。評論家の樋口恵子さんは、妻にも性の拒否権があることを明らかにした点で歓迎すると言い、支持している（「西日本新聞」夕刊、六十一年十二月十七日）。

私も夫婦間のレイプ問題について、刑法上の問題になるのは、事実上離婚状態に陥り、結婚が破たんしている場合に限られるべきだと思うが、これらの判決が夫婦間の性のあり方について考えるきっかけを与えたのは確かである。

夫の側の一方通行

前に触れた共同通信社の調査「現代社会と性」は、中年の性生活を初めてはっきりと映し出したものであるが、その性生活は索ばくとしている。

妻には性生活を重要とみなすものがとりわけ多い（八八パーセント）が、半分以上のものが自分の方から性感情や欲求を夫に伝えない。セックスを求めるのは九五パーセントが夫からである。妻で性的満足を感じないものが二一パーセントもあり、その半分以上が感じないのに満足したふりをしてごまかしたり（二五パーセント）、我慢したり（三七パーセント）で、夫にサービスをしている。その揚げ句が、約半分の妻が「後に不満が残る」と言い、妻たちの性はきわめて貧困で、夫の側の一方通行である。

愛情確認の行為

五十七年三月、「西日本新聞」が「私の場合の性」の手記を募り、女性の性の問題が明るみに出されたことがあった。その中で印象に残る手記があった。三十二歳の主婦が夫の言動に疑いを持ち、夫との性生活を断ちたいと思ったが「時々思い出したように夫は私を求めた。快感もなにもない人形のような性に一時の間、耐えて、アラシの通り過ぎるのを待った。夫だけが処理を終えて、満足の吐息をついている。これが夫婦としての、人間としての生活なのかと涙さえ出なかった」（五十七年三月八日）

夫の言動に疑いをもつならば、それをただして解決すべきであるが、日本の夫婦はそのような解決をせず、手記の主婦のように、夫婦なるがゆえに、憎しみながらも耐え忍んで砂をかむような夫婦関係を続けるのである。

夫婦間の性はコミュニケーションと信頼を基礎にした愛情を確認する行為である。したがって、思いやりや愛情が失われると、性は暴力になり、それは離婚原因にもなる。暴力で強制されるような性は夫婦間でも当然拒否することができるはずである。

離婚　今後も予想される増加

経済問題が五割

最近、「紅皿」に離婚に関する意見が相次いで載った（十二月三、九、十一、十四、十六日）。離婚は、妻にとって自分で決め、一人で最終的な責任を取らなければならない重要な事柄であるだけに、これまでも「紅皿」にはたびたび登場している。

私たちのグループは五十九年から三年間、どのようにして離婚に導かれるのか、離婚しないですむ手立てはないのかを探るために、福岡、長崎の離婚した人、二百人に面接調査をした。私はそれを踏まえ、少し広く背景を知りたいと思い、この秋『離婚!?――する幸せ・できない不幸せ』（有斐閣選書）をまとめてみた。

私たちの調査では、協議離婚した女性が挙げる主な離婚理由の中、一番多いのは、夫のギャンブル、サラ金、生活力なしなどの経済問題で五割に近く、異性関係が二割、家庭を顧みない、夫の暴力、親族と折り合いが悪いなどが二割ほど、性格が合わないが一割少々である。六十年度の全国の調停離婚での妻の申し立て理由では、トップは性格が合わない（四三・九パーセント）、次いで、暴力を振るう（三六・四パーセント）、異性関係（三〇・七パーセント）、生活費を渡さない（二三・〇パーセント）の順である。

あきらめと犠牲

福岡、長崎の協議離婚理由を見るかぎり、従来、日本で多かった伝統的な離婚理由とほぼ同じである。しかし、全国でみると、性格の不一致などの、理由のはっきりしない離婚、妻の自立を原因とする離婚も増えており、これら新旧の離婚理由が混在して離婚率を全体として押し上げているように思われる。

離婚を言い出し、決断するのは多くは妻である。妻は我慢を重ね、もはやこれまでと考えたり、また、夫が家庭を顧みないので、離婚して自立した方がましと思い、離婚を決意する。しかし、夫に離婚が告げられてもまだもめる。離婚の際のもめ事の約半分は夫が離婚に同意しないことである。妻は夫の同意を取り付けるのに散々苦心し、子の引き取りや財産分与、慰謝料を交渉するどころではない。妻のあきらめと犠牲の上に成り立つ離婚が非常に多い。

この二、三年、離婚率は少し下降気味であるが、トータルでみれば、離婚は増え続けると考えられる。それは、離婚がマイナス・イメージでみられなくなっていること、また、主婦の過半数が就労し、自らの生き甲斐を求めて精神的、経済的に自立した女性が増えていることなどに起因しよう。そうなれば、離婚、再婚で家族関係が複雑になっていく。

複雑な親子関係

調査の中に、こんなケースがあった。離婚した夫の父親は初婚一子を挙げて離婚、再婚して当該の夫とその弟をもうけて離婚。連れ子のある女性と再々婚。このように夫の育った家庭は複雑で、その夫、父親、継母、異母兄（初婚の子）、同母弟、異父姉（継母の連れ子）の六人である。夫は高校を中退、家出し、妻とはスナックで知り合い、同せい後、結婚した。しかし、夫はサラ金に手を出し、浮気をやめないので、妻は離婚を決意した。成育歴がいかに重要かを示すものである。

これらをみても、実親子関係と継親子関係が交錯する。これら複雑な関係にある人々をすべて血縁に立つ通常の家族構成員になぞらえて、親子関係を強いるよりは、個々の関係を真正面からとらえ直し、それらの関係を心の通った人間関係にする努力が今後、ますます重要になると思われる。

他人同士　愛情と信頼で結ばれた縁

今年の九月二日、最高裁判所は不貞の夫が結婚を破たんさせておきながら離婚を請求した事件で、①別居が相当長期間で、②未成熟子がいない、③離婚で相手方を苛酷な状態に陥れないの三つの条件にある場合にかぎって、離婚を認める判決を下し、注目を受けた。さらに、十一月二十四日には、最高裁がこれら三つの条件下の、三十年の別居中の有責配偶者の離婚請求を認める判決を言い渡した。これらの判決は日本を含む世界の滔々《とうとう》たる破綻主義の流れの中で出るべくして出た判決である。

この判決に対する世論は新聞の投書欄をみるかぎり、時代にあった合理的な離婚訴訟判決という意見もあったが、概して次のような厳しい意見が多い。

「身勝手な離婚裁判、人間らしさはどこに」(主婦・四十九歳「朝日新聞」九月八日「声」)、「女心踏みにじる」(主婦・五十八歳)、「離婚後の処理大切」(主婦・四十歳)、「判例乱用恐れる」(無職・六十五歳)、「父親は絶対に必要」(主婦・四十二歳)、(以上「読売新聞」九月十四日「気流」)などである。

おそらく、このような厳しい意見が出る背景には、裁判で夫の浮気を公認するのはおかしいという反発がある。あるいは、結婚という名で妻の貞操を奪いながら、勝手に浮気をして妻を精神的に傷つけたという責任をとるというのであれば、妻に誠意をもって償いをして、妻も納得するような解決策を講ずべきで、裁判で決着をつけるとは、盗人たけだけしいという非難もある。

これらの反対の感情はよく理解できる。また、今日の離婚は妻に決定的に不利であるだけでなく、子の犠牲の上に成り立っていることを否定できない以上、これらの判決のように、離婚によって子の福祉が害されるおそれがあったり、あるいは、相手方を経済的苦境に追い込む心配があったりすれば、離婚が許されないのは当然である。

しかし、破たんした結婚を続けても、妻にも夫にもなんらのプラスをもたらさないような場合には、むしろ、まともにその事態をみて離婚を認めてもよいと思う。そうしなければ、愛情をまったく感じないにもかかわらず、妻の反感や嫉妬によって、不貞をした夫との法律上のつながりを切らないことで、夫を苦しめ、恨みを晴らそうとする行為に裁判が加担することにもなりかねない。

血縁のある者同士はたとえいかに憎しみ合ったとしても、きずなを断つことができない関係にある。しかし、夫婦は、なにかの縁《えにし》で結婚した他人同士が愛情と信頼のみをきずなにした人間関係である。二人を結び付ける愛情と信頼が失われれば、結婚の基礎が壊れ、結婚を続ける意味がなくなってくる。人間には、一回かぎりの人生があるだけである。不幸にして結婚が破たんし、うまくいかなければ、索漠《さくばく》とした生活を続けるよりは、別れてそれぞれが別の人生を選び、充実した生活をする方が双方にとって幸せではないかと考える。

離婚判決直後の「紅皿」（九月十四日）に、離婚に関連させて、三十三歳の主婦があかの他人が偶然の出会いから夫婦になり、「きょう別れれば明日はもう他人になってしまう」、夫婦ってそんなものだろうかという感慨を書き留めている。夫婦はそのように脆《もろ》いものであればこそ、その日その日を大事にして充実した生活を送れば、血縁以上の強い絆《きずな》を持ち続けることもできるのである。

（「夫と妻の風景」は、「西日本新聞」に昭和六十二年十月七日から十二月二十一日まで、十一回にわたり連載されました）

■親と子の風景　今、家族のきずなは――

父権は失われたか　家長権をカサに着た明治の父親

近ごろ、父権喪失は「新聞の見出しにもならない」と言われているが、確かに、父権喪失がはじめて登場したのは、私の知るかぎり、昭和三十三年までさかのぼる。独自の家庭論を展開した経済学者の大熊信行氏が新聞（昭和三十三年二月二十日「朝日新聞」夕刊）に連載した「新父親読本」の中で、戦後父親のあり方に大きな変化があったが、あまり問題にされていないとし、現代の父親はおしなべて権威を失った間の抜けた「無力な一種のはぐれもの」となっていると言うのである。それから、すでに三十年たった今日、依然として父親の権威の失墜が取りざたされている。

この父親喪失で比較の対象にされているのはかつての父親であるが、それらの父親が本当に権威をもっていたのかということでは、私はかねてから疑いをもっている（『日本の親子二百年』新潮選書）。

明治の父親は怖かったし、激しかったという印象が強い。北杜夫氏は父親の斎藤茂吉について、「父はなによりも恐ろしい存在、おっかない存在といえた。父はよく憤怒した。それも全身全霊をこめて憤怒するのである」と言い、『寒雲』や『赤光』からは想像できない、おっかない父親像を描く（朝日ジャーナル編集部編『おやじ』秋田書店）。

また、与謝野秀氏は父親の与謝野寛について、「大変短気でかんしゃく持ちなのである。……おやじは怖いものという観念を私の兄弟たちが持っているのは、若いころの父親が怒りっぽかったからである」と、同じように怖い父親について述べている（同書）。

このような父親は明治の父親像の一側面をよく描き出していると思う。これらの父親は絶対の自信をもって相手方に有無を言わせず従わさせる権威をもっていると信じているが、実は、その権威は家長権をカサにきたもので、周りの者も家長と父親のイメージがダブって映っているのである。彼らが家長という椅子から離れると、ただの人でしかない。戦後になって、家制度が崩れ、裸になってほうり出された父親たちはいかにも弱々しく無気力の姿に見えた。

本当の父親の権威は子供たちに対し自分の考えを教え、子供たちに親父《おやじ》にはとてもかなわないと思い込ませ、親の考え方に同調させるところに生まれるのである。また、外部からの侵害に対して弱い子供を身を挺《てい》してかばう、毅然《きぜん》とした姿勢をとる場合に、権威は芽生えるのであって、子供を叱《しか》りつけたり、脅したりすることから生ずるのではない。

これらのいずれも明治の父親に欠落しているように思われる。明治の父親は自分の人間としての考え方を諄々《じゅんじゅん》と説くことはせずに、結論だけをたたき込むタイプが多いし、また、陰では子供を案じながらも、予科練、陸士、海兵、軍需工場にすすんで送り出した父親がいかに多かったことか。

父親が苦難と戦い、傷ついてもなお信念を貫き通して生き抜く、そのような強い父親こそ権威をもった父親といわれるのである。

ニューファミリー　おっかない父口うるさい母

ニューファミリーの父親はそれなりの流儀で家族の中心になっているのではないかという見方もある（昭和六十一年六月十六日、「西日本新聞」夕刊「風車」）。ＩＢＭの調査で、子供の五割以上が父親が家族の中心とみている結果が、その論拠である。

昭和六十一年十月、十－十五歳の日本、アメリカ、西ドイツの子供と親について、総務庁青少年対策本部が行った調査も同様に、日本では、家族の中心は父親とする子供が一番多い。三つの国を比べると、家族の中心となる人について、日本は、父親が六二パーセント、父母両方が二四パーセント、母親が一〇パーセント。アメリカでは、父母両方が五四パーセント、父親が二三パーセント、母親一九パーセント。西ドイツでは、母親が二七パーセント、父親が一三パーセント、父母両方が三七パーセントである。

アメリカ、西ドイツでは、家族の中心は父母両方とする子供が一番多いし、西ドイツでは、母親とする子供が父親とする子供よりも多い。日本の子供の六割が父親を家族の中心とみてはいるが、これだけで、ニューファミリーに父権が確立されたとするのは多少問題と思われる。

父親がそのようにみられた背景には次の二つがあるのではないかと考える。

一つは、母親を家族の中心とみる子供が一割で、あまりにも少ない。父母両方と合わせても三割四分にとどまり、その結果、父親とする子供が増えているだけである。日本の子供の母親に対する評価について、アメリカ、西ドイツに比べると、尊敬する、頼りになるがもっとも低いが、逆に、口うるさい、きびしいが一番多い。日本の子供の母親に対する評価が高くないことがこれを裏付けている。

二つは、日本の子供は父親を家族の中心とみてはいるが、その割に、他の二国の子供に比べ、父親への尊敬する、頼りになる、わかってくれる、きびしいが高いわけでもない。ところが、こわいが日本が四五パーセント、アメリカの三六パーセント、西ドイツの二三パーセントを凌駕する。

日本の父親はおっかない存在で、家族の中心ということになるが、父親と子供の接触時間は平日、休日ともに日本の父親が一番少なく、二十分前後短い。

子供のみた日本の父親は親密さを欠き、おっかないというイメージである。これは、家族の中心になりえない母親が細かいことには口うるさいが、重要なことでは「お父さんに言いますよ」と言って叱《しか》り、それを聞いた父親が子供から理由も聞かずにいきなりガミガミ言う結果ではないかと思われる。

元来、子供からみた望ましい家族の中心は父母両方であって、戦後四十年たっても、父母両方の手で子供のしつけが行われていないところに、問題があると考える。

母性愛　本能ではなく移ろいやすい

日本の子供と母親の関係をみると、母親はきびしいと思う子供が四七パーセントで、父親をきびしいと思う子供の三三パーセントを上回っている。アメリカ、西ドイツの子供は父親が母親よりもきびしいとするのが一〇パーセントほど多い。母が口うるさいとする子供も、日本は五九パーセント、アメリカが四八パーセント、西ドイツが三〇パーセントで、これも日本が一番多い。

逆に、困ったことがあるときに、母親に相談する子供は日本が一番少ない。戦前の子供のしつけでは、母親は夫をたてるということで、父親を正面にたて、側面からやさしく助けるという役割を分担した。戦後は、父親は外の仕事に忙しいために、母親が内で子供のしつけ、教育を一手に引き受けるという状況が続いた。

これまで、母親のわが子に対する愛情は本能的なもので、母親には、子供が無事息災で生き抜くことを願い、手塩にかけて育て上げるという母性愛が基礎にあると説かれてきた。

しかし、近年、パリ理工科大学の女性で、哲学専攻のバダンテール教授によって、母性愛は本能として母親に備わっているものではなく、せいぜい、今から二百年ほど前から家庭内で母親に育児を背負わせるためにに意識的につくりだされた観念だとされてきている（「プラス・ラブ」）。

すなわち、近代の家族の中に子供をきちんと位置付け、〝子供の発見〟をしたとして有名なアリエスの分析した資料などに基づき、西欧中世では、母親は自分の手で子育てをするのではなく、貧富の別なく、生まれるとすぐ子供は人手に渡され、子捨てともいうべき状態で、母性愛が欠けるのが普通であった。

ところが、十九世紀になって、子供が学校に行き、家庭で育てられるようになり、他方では、母親は子供に献身と自己犠牲を信条とすべしと説かれ、次第に母性愛は母親の本能であるかのように考えられるようになった。しかし、母親のわが子に対する愛情はほかの人間間の感情と同質の不安定で、うつろいやすい故に、育てるものというのである。

それはそれとして、日本の場合、母親はとかく自分と子供を一体化し、すべてを子に賭けるという考えが目につく。そのように、母親はわが子にべったりではなく、子供との間に距離を置いて、あるときは優しく、あるときは突き放して厳しくしつける必要があろう。

子供のしつけについては、父親も母親と同じようにかかわり合って、子供からは父母両方が家族の中心とみられるように、対応すべきである。その場合に、父親と母親との間で、父親は物の考え方を正面から教え、母親はこまごました生活の仕方を側面から教えるという、固定した役割分担があろうはずはない。それよりも、子供のしつけや教育に対して父母双方が同じように関心と熱意をもつことが重要である。

父と子　もっと一緒に遊んで

江戸末期から明治初めに来日した外国人はおしなべて日本は「子供の天国」と言っているように、日本人は子供をかわいがったことはよく知られている。

戦後、子供の人権、子供の意思を尊重する方向に親の目が向けられたことは正しいと思うが、子供中心ということが子供の言いなりに甘やかしてしまうきらいがしつけの底流として存続しているのではないかと気になる。小、中学の子供をかかえた家庭では、子供を軸にして歯車が回っている。父親が夜、家に帰ってみると、子供は塾に行って留守、休日には、子供や妻を連れてマイカーで買い物に行く。テストや入試で苦労している子供のありさまを見て、かわいそうという気持ちが先立って、つい日ごろのしつけが甘くなるのだろう。

親は子供に対して一人の人間と認めればこそ、子供はいまだ判断能力の不十分なものという認識をもって自分の体験と知識から得た物の見方、考え方をどしどし教え、子供はそれから人生の目標を少しずつ学びとっていくことが親のしつけである。したがって、しつけは親子という縦の軸を中心にしてなされるもので、子供を妙に大人扱いし、仲間意識を持たすべきではない。そうしなければ、子供は同じ世代、あるいは仲間の横の関係からのものの見方、考え方しか持たなくなってしまう。

この縦のしつけは難しい。変動の激しい社会では、親子の間の考え方の隔たりがあるのが当たり前で、子供の世代は親の世代にない考え方をする。

社会の変化をわきまえずに、親が自分の若いころにはこうしたから、そのようにしたら、と子供に話しかけると、子供は親の意見の押しつけと受け取り、反発する。親は子供たちに欠けており、どうしても与えておかなくてはならないものを選択して子供に伝えておく必要がある。

明治の父親は、家長権をかさにした恐ろしい存在の人が多かったと、第一回で書いたが、跡取りとしての息子の教育、しつけに自ら当たった例も少なくない。そこでは、家長のいすを下りて、意外に細やかな情愛を示した人もいるようだ。

大町文衛さんは、父の大町桂月（詩人、評論家）が、日曜日にはよく子供たちを連れて弾丸という大きな握り飯にノリを巻いたものを持って、遠足や散歩に出かけたと述懐している。

今日の父親たちも、子供たちとキャッチボールや登山などの相手をする人も見受けるが、総じて（特にサラリーマンは）子供の相手をしたくとも、忙しくてその時間がないというのが現実のようだ。その結果、子供のしつけ、教育は母親任せになるのだろう。

総務庁調査（六十一年）では、父親と子供の一日の接触時間は、日本三十六分、米国五十六分、西独四十四分で、日本が一番短い。これでも三十～四十年代の高度経済成長時代よりもいくらか増えているのである。

「西日本新聞」の「こだま」に「お父さん、出番」という特集があった（昭和六十年四月二日）。その中に三十一歳の女性が「お父さん、もう少し一緒に遊んでやって下さい。キャッチボールでも、バドミントンでも……」と、父親と子供のスキンシップを願う投書があったが、今日の父親に求められている最も重要なことを指摘していると考える。

子殺し　追いつめられる母親

わが国では、母親の手によって子殺し、子捨てが頻繁に行われ、血を分けたわが子に対する非情さ、悲惨なニュースが後を絶たない。とりわけ、昭和四十七、四十八年ごろから、母親による幼児殺しが多発し、「子供受難の時代」「母性喪失の時代」と呼ばれてきた。たとえば、昭和五十年十一月二十二日「西日本新聞」社説は「断ち切られた親子のきずな」と題し、この年だけでも九州で子殺しが三十件を超えたことを問題にしている。

このように、ロッカーの中に捨てられた赤ん坊、デパートの買い物袋に詰められた赤ん坊の死体、女子大の寮のゴミ箱の中で発見された生まれたばかりの子の死体、ベランダの植木鉢の中から発見された数個の嬰児《えいじ》の死体など続発している。これらのすべてが母親の手によるものである。

子殺し、子捨ての背景には次のことが指摘されよう。バス・コントロールの知識が普及し、ピル、避妊用具も簡単に手に入り、妊娠中絶も容易だし、子供をつくるも、つくらないも自由だという考え方から、エスカレートして、自分がつくったものは殺そうと、捨てようと勝手という意識が生まれやすい。また、母親は都会の孤立した核家族の中で、家事、育児について夫の協力も得られず、他のだれからも教えてもらえず、子育てに自信を失い、思い悩んで子供を犠牲にしてしまう。

もう一つは、妊娠・出産の責任を女性にだけ押しつけられる風潮がまだ根強いこと。特に未婚の若い男女の場合、相手の男性が（結婚して）父親になる覚悟や責任を負わず、女性はだれにも相談できずに追い詰められ、思い余って子殺しというケースも少なくない。

先日の「紅皿」（二月二十九日付「三度目の妊娠」）でも、夫に「知らんぞ。お前が責任とれ」と言われた主婦の訴えが反響を呼んだ。妊娠・出産、そして育児も男女の共同責任で行うということを再確認せねばならないと思う。

母親の子殺し、子捨ての意識の深層には、日本特有の歴史的背景があると思う。近世以来、わが国では堕胎、間引き（嬰児を圧死させること）が広く、しかも簡単に行われていた。民俗学者はこれを日本人の新生児に対する特殊な考え方に起因するとみている。日本には、人間は「七つまでは神のうち」で人間ではない、とみられていた。従って生まれた子供は魂の世界とこの世の間を漂うものという観念である（牧田茂「人生の歴史」）。

そのため、さほど罪を犯したという意識もなく簡単に嬰児殺しを行い、死体を居間の床下に埋めることさえあった。

また、日本人には、幼い子供でも一つの生命をもった人間とみる意識が希薄で、親子心中事件で親が生き残った場合に、子殺しに対する量刑は一般に軽い。西欧では嬰児殺しには死刑が科される。六十年、ロサンゼルスの日本人妻が夫の不貞に悲観し、サンタモニカの海岸で二児を連れて入水を図って自分だけ助かり、第一級殺人罪を科せられそうになったことを覚えている人も多かろう。

子供を残して死ぬにしのびないという心情は子を人格者と認めない考え方の裏返しでしかないのである。

人工授精　〝血縁とは何か〟を提起

子をもちたくても、子ができない夫婦は多い。医学の進歩はこのような夫婦に福音をもたらしつつあるが、他方、従来考えられもしなかった新しい問題をひき起こしてもいる。

日本で、人工授精がいち早く行われたのは慶応病院で、昭和二十年代の半ばと聞いている。最初は、母体内の授精で、子供ができない夫婦間について、夫が不能である場合に、夫婦の同意の下に夫以外の者（ドナー）の精子によって妻が授精する非配偶者間授精（ＡＩＤ）が行われた。

その子と戸籍上の父親とは血縁がないにもかかわらず、戸籍上は一応父子となっているだけである。また、ドナーと子の間には、血縁があり、自然的な父子関係があるけれども、その血縁を切らなければ授精までして子をもうけた意味がなくなってくる。

一九七三年のアメリカの統一親子法は人工授精のために精子を提供した者は法的には懐胎された子の自然の父親ではない者として扱われるとする。

ところが、四〇年代後半から五〇年代に入って、外国では、体外授精が行われるようになり、試験管ベビー、すなわち、試験管内で夫の精子により妻の子宮から取り出した卵子を受精させた試験管ベビーの誕生が伝えられた（一九五三年、世界最初はイギリス）。

受精だけでなく、着床、つまり懐妊まで人工で行われ、試験管の受精卵を妻の子宮に戻すのではなく、妻以外の女性の子宮に着床させて子を出産した場合に、親子はどうなるのか。分娩した母親（代理母）と子との間に親子関係が生ずるということになれば、奇妙なことになってくる。

代理母には母親となる意思がなく、依頼した夫婦の方が子をもうけたいという強い意思をもち、親子関係の形成を願っている。しかし、彼らは精子と卵子の提供者にすぎない。血縁とは精子と卵子の結合関係なのか。それとも子を分娩することなのか。親子関係の本質である血縁とは何かをもう一度考え直さなければならなくなってくる。さらに、体外授精でも、妻以外の卵子を使った場合や、夫以外の精子を使った場合になると、もっと複雑になってくる。

医学の発達により、夫婦間だけで行われていた受精、着床、分娩に他者が入り込み、予想もされない事態が生じ、血縁、親とはなにかを奇しくも問い掛けるきっかけにもなった。

生んだ、生まれたということだけが血のつながりであり、それが以上のように複雑なものであってみれば、血縁重視は意味がないと思う。すでに、昭和十七年（一九四二年）、和辻哲郎博士は『倫理学』（中）で、病院で、自分の産んだ子と他人の子とが取り違えられたとしても、事実を知らなければ母親はその子と血縁があると信じ、自分の子として育てるのではないか。血縁とは親と子が互いに親子であると認め合って共同生活することから生ずるのではないかと述べている。

人工授精は多くの人には無縁だろうが、血縁重視の強い日本人に、〝血縁〟とは何かを改めて考える契機を提供していると思う。

同居・別居　それぞれが自立、支え合う

先日も、「紅皿」で、親子同居に疑問を投げかけた投書をめぐって賛否両論の反響があった（一月三十日、二月六日）。その反響の投書には、親子同居賛成が多く、「親子別居」はショッキングな発言だったようで、「日本の家族制度もここまできたのだろうか」という六十歳女性の言葉に集約される。

現実には、三世代同居の世帯（一五・二パーセント）が減って核家族（六一・一パーセント）世帯が増えているが、国民の意識としては、核家族志向よりも三世代同居志向が強く、現実と意識が食い違う結果が出ている。

昨年七月に発表された厚生省人口問題研究所の調査では、三世代同居に賛成する者が三八パーセント、反対する者が一五パーセント、とくに、三世代同居で住むことができればそれにこしたことはないに賛成する者は五三パーセントにのぼる。しかも、三世代同居志向は世帯主の男女別では、女性よりも男性に多い。

先月連載された「私の家族論」でも、高齢男性の三世代同居礼賛の投稿が目立った。これらをみても、三世代同居は理想ではあるが、実際には親・子双方の種々の事情でそれができないという実態を示したものといえる。

最近でも新聞には老後の独り暮らしの寂しさや、親子同居を目前にして不安を述べた親や子からの相談、同居している親子間のいさかいの相談が後を絶たない。二月一日の「人生相談」は、七十一歳の男性が妻亡き後の独り暮らしの寂しさを訴えたものだが、これにも多くの方から励ましや趣味の会へのお誘いなどがあったと報じられた。

私は親と子夫婦が同居するか、別居するかは、それぞれの事情によって異ならざるをえないと思う。ただ親の方は従来の家族制度上、親子同居は当然だとか、育てた子だから親と同居し、面倒をみるのが当然という考えは捨てるべきだろう。フランスでも、同居は親の一方が死亡するか、あるいは七十歳の半ばになって初めて親子の問題になる。親も子夫婦が別々の独立した生活領域をもち、精神的にも、経済的にも独立した生活をした方がよいと思う。

その意味で、できれば、近居が理想であるかもしれない。親も定年になっても、社会奉仕、地域社会の世話、公民館活動などの社会的活動を続け、他方では、カラオケ、ゲートボール、老人ホームへの奉仕など自分たちだけで楽しむ生活をしたらよいのではないかと考える。そして、親子が同居する場合でも、お互いに基本的にはそれぞれが独立した生活をすればよい。食事を一緒にするのであれば、できるだけ親夫婦も子に食費を払い、払うのを水臭いと思わないことであろう。

親にも、このような覚悟がなければ、同居しても孤独を味わうことになる。六十二歳の女性が二十年前に離婚し、不安の日々の中で痛むほどの孤独を味わったが、二年前に息子夫婦と同居し、独り暮らしと違った「苦しみと寂しさ」を痛感しているという投書が載ったことがある（六十一年九月六日、「西日本新聞」）。同居して、こんなに悲しいことはない。それぞれが自立して、お互い精神的に助け合って心の交流をするようになるのが一番の幸せではないかと思う。

姑と嫁　社会は変化したが永遠のテーマ

わが国では、姑と嫁の関係は永遠の課題といわれてきた。また、戦前、戦後と時代は変わり、社会は変化したけれども、この問題は依然として身上相談でも多く、いろいろの視点からも論じられている。

明治三十九年九月二十日の「東京日日新聞」に「姑」と題した話が載っている。姑とうまくいかず、夫が別居を申し出たら、姑が首つり自殺をすると言ったので離婚したという嫁の話である。

このように姑と嫁の問題は昔から存在するが、昨今、多少状況が変わってきているように思われる。

第一には、姑と嫁の力関係が変わってきた面もあることだ。昭和五十八年夏、NHKの朝のテレビ小説「おしん」で姑の嫁いびりが話題になった。それに関連して、六十八歳の主婦が「姑がいばっておられたのは、ひと昔もふた昔も前のこと。いまは姑が我慢する時代です。ご飯を食べても、食器は流しにほうりっぱなしで昼寝したり、寝ころがってテレビを見る」「見かねてちょっとでも小言をいえば、もうツンツンして大変です。〝おしん〟はこんな嫁に昔の姑は厳しかったことを教えるいい教材です」という声が載った（昭和五十八年九月十日「朝日新聞」「ホットライン」）。

姑と嫁が同居する場合、平均寿命が長くなった今日では、三十年、四十年と同居が続き、姑が老齢化し、嫁の介護を受けるという状態も予想される。この話が示しているように、嫁と姑の力関係が変化し、また、姑が嫁の世話になるようにでもなれば、嫁の方の精神的、肉体的負担やストレスが増大することになり、葛藤《かっとう》は厳しさを増してくる。

一方、姑には嫁は他人ではあるけれども、息子の嫁、自分の娘と同様にかわいがりたいという気持ちもある。いわば、愛と憎しみの相反する感情（アンビバレンス）である。しかし、今日、姑が嫁を自分の娘と同一視する考え方には嫁の立場から反発が強い。嫁にとっては、娘になぞらえられて、夫婦の生活に奥深く入り込まれてくることに対して困惑を訴え、生活への干渉は差し控えてもらいたいと思う者が多い。

このような状況の中で、姑と嫁の問題が跡取りである息子の嫁と息子の親の関係であるとすれば、これは家制度の名残をとどめた親子関係ともいえる。

子の数が少なくなり、親の介護を伴う実態では姑と嫁は最も適切な関係とはいえないかもしれない。親の介護の問題は「姑」というだけで嫁に押し付けられるべきものではなく、実の娘がいれば娘が親の世話をするのがうまくいくかもしれない。しかし、これも住宅事情や居住地、経済的条件などさまざまの問題が絡む。

西欧では娘夫婦との同居を望む親が多くなっている。六十年の総理府の「家族、家庭に関する世論調査」では、息子夫婦が親と同居するのがよいとする者が四五パーセント、娘夫婦との同居がよいが一六パーセント。特に女性では二二パーセントと多いのは、このような傾向を示すものであろうか。

いずれにしろ高齢化社会を迎え、老親介護の問題は、嫁、姑、娘、息子など個人的解決法だけでなく、福祉や制度など政治的、全国民的重要な問題である。

親離れ　成人しても親に依存

昭和五十年ごろから、母親が夫にべったりするので、姑が嫌らしいという妻の訴え、あるいは、何かあるとすぐ、妻が子を連れて実家に帰ってしまうという夫の訴えなどの人生相談が目につき始めた。

ある人生相談（昭和五十七年五月二日「西日本新聞」）は、二十一歳の新婚六カ月のミセスが、夫が経済的にも精神的にも別居している親によりかかり、いつまでも親から乳離れできないで悩んでいるが、今のうちに別れた方がよいのかという相談である。

今日の離婚原因には、夫が浮気したとか、サラ金やギャンブルに手を出して家計が破たんしたとかの伝統的な離婚原因のほかに、性格の不一致による離婚や熟年者の離婚に並んで、親離れしていないために生じた破たんによる離婚も結構ある。

子の数が少ない核家族の中で、子供の高学歴化が進み、親と子が同居する期間が長くなる。親、特に母親が子供にべったりで、子育てに全力投球する。そのために、親子が異常に密着し、結婚しても、夫あるいは妻がその間に入り込むすき間がない。特に、父親がいなくて、母親ひとりで子育てをしたケースに多い。

昭和五十八年の離婚の判例で、親離れしない妻とその母親をめぐるものがある。夫三十五歳、妻三十一歳、二人の間に三歳の長女がいる。妻はひとり娘で父親が死亡したので、その母親と娘夫婦が同居することになったが、夫は妻の母親と融和を欠き、妻は母親に密着し、夫の世話よりも母親との生活を優先するありさまで、結婚が破たんし、離婚したものである（名古屋高等裁判所、五十八年十二月二十七日判決）。

先日連載された読者の「私の家族論」の中にも、何かにつけて実家に頼っていた妻が、娘の入院を機に親離れする大切さに気付いたというのがあった（五島かよ子さん「長女の悲しみ」）。

外国では成年（十八歳が多い）と同時に自立するが、わが国では子が大人になっても親が子の世話をし、子も親に依存する度合いが高い。

フランスの女性研究者が日本の大学の就職状況を調べに来福したことがあった。大学生の就職試験や入社式に親が登場するという話を大学の学生掛から聞き驚いていた。

大人になっても自立せずに結婚生活に入り、なお親の世話、子の依存が続くという異常さが親離れしない夫または妻を生み出す原因である。

この点、昔の人は早く親離れした。戦前、高等小学校を卒業すると親元を離れすぐ働きに都会に出ていたし、また裕福な家庭の子も中学に入ると、家から出て寮生活をする者も多かった。

もっとも、子の自立を妨げているのは親だけの責任ではない。社会そのものが子供を一人前の人間になりにくくしている。子供は小・中学生のころから塾通いと受験に追い回され、自分自身で目標を立てて責任をもって生活をする状況とは程遠い。子供に対して早い時期から、社会も、親も自分の責任で生活行動するように仕向けることがより重要であるかもしれない。

単身家庭　援助少なく子に犠牲も

最近の統計によると、母子家庭、父子家庭の単身家庭が増えている。厚生省が行った昭和五十八年度の調査では、全国母子家庭数は七十一万八千余世帯で、五年前に比べると八万四千四百世帯、一三・三パーセント増加で、過去十五年間で最も多い。父子家庭数は十六万七千世帯、両親ともいない家庭は三万六千余世帯。離婚、父母蒸発などで、そのしわよせが子供たちにのしかかっている状態が数字に出ている。六十二年発表の福岡市の調査もあるがほとんど変わらない。

やや詳しくみると、母子家庭では、離婚した家庭が全体の四九・一パーセント、夫と死別した家庭三六・一パーセントを初めて上回った。離婚家庭が十年前に比べて倍以上増えたためである。母親の平均年齢は四一・五歳、八割五分が働いている。一世帯に平均一・六一人の二十歳未満の子がいる。暮らしは苦しく五十七年の平均年収は一世帯当たり二百万円、一般世帯の四割五分である。別れた夫からの仕送りがあるのは二割強で、八割弱が全く無縁である。

父子家庭も離別家庭が六割、死別家庭が四割。一世帯の年収も平均二百九十九万円で、一般世帯の約三分の二。父子家庭では父親と一緒に暮らしている祖父母の四割、子供の二割が家事を行う。大きな悩みごとは、母子家庭では、家計、仕事、子供の教育、進学、父子家庭では、家事、家計、子供のしつけである。

昭和三十年代のはじめに、母子家庭は百万を超えたが、それは戦争の後遺症による死別が原因で、戦争のもたらした一つの悲劇であった。そのころ、母子家庭で問題になったのは、片親の子というだけで就職から締め出された不合理を訴え、批判する声であった。今日、このような障害は一応取り除かれたといえよう。

今日も母子家庭では子の人格形成に父親が参加しないことで子に悪影響を与えるのではないか、と悲観する母は少なくないが一概に、そう断言できない。かえって母を助け、早くから自立心に富む子供になる例も多い。

子を引き取って離婚した母親がその子をトラブルなく父親に会わせたいと思えば、家庭裁判所で面接交渉の手続きをとることができる。しかし、離婚のケースでは、別れた後に子の養育料さえも送らない父親が多いが、そのような父親に子供を会わせてもよい影響がほとんど期待されない。

父子家庭は、母子家庭より年収は少し多いが、母子家庭に比べて福祉制度上の援助もまだ少ないし、社会的にも異端視されがちである。このような状態の中で、育児に疲れ果てて前途を悲観して父子心中も発生している（昭和六十年暮れ、唐津の父子心中事件）。

福岡市は今年三月、父子家庭の生活上のメモや料理の作り方、諸手続きなどをまとめた冊子「父子家庭暮らしのしおり―お子さんにしあわせを」を作ったが、このような例はまだ少数である。

バラバラになった都市社会で孤立無援の状態でほうり出された単身家庭で、子供が犠牲になるという深刻な様相も呈している。

各地域社会で家庭崩壊の一歩手前の段階で当事者の相談を受け、カウンセリングなどを通して人間関係の調整を行い、各種の治療、相談などをする「家族問題総合センター」の早急な設立が望まれる。

（「親と子の風景」は、「西日本新聞」に昭和六十二年三月七日から三月十八日まで、十回にわたり連載されました）

あとがき

夫・有地亨は生涯を学問一筋に生き、長年に亘る研究活動を通して、諸先輩をはじめ、多くの方々や、たくさんの学生の皆さんに出会い、そして志を継ぐ後輩にも恵まれて、そこにいくつかの足跡を残して生を終えましたことは、本当に幸せだったと思います。また、東京渋谷の一角にある、季節の花々と豊かな緑に囲まれた聖心女子大学で教育に携わった日々は、夫にとって有意義かつ思い出となった七年間でした。

そして、半世紀に及ぶ結婚生活で、私の人生の成長は、良き助言者でもあった夫との目に見えない絆が、深く大きく影響したと思います。

もし、夫との出会いがなければ、私はどのような人生を……と振り返った今、改めてその思いを馳せながらペンを執りました。一主婦の私に、この勇気と挑戦心を与えてくれたのは、亡き夫ではないかと信じたからです。

また、かねてより弁護士活動を夫と共にし、現在も続けて活躍される安部光壱弁護士に「有地先生が伝えたかったことや考えの一端を、のちの若い人たちに伝えるお手伝いをしてください」と言われ、加えて、今日まで多くの方にいただいた温かい言葉が、大きな励みになりました。

これから齢を重ねつつ、普通のくらしのできる幸せに感謝しながら、精いっぱい生きてゆこうと思います。

この書が、「家族」という独立した家庭を築きながら、心豊かに幸せな理想の人生を送る〝よすが〟の一助にでもなれば幸いです。

「滄」「華」の同人でいらっしゃる平田利栄先生との出会いがご縁で思いがけずできた短歌は、夫との暮らしのなかから思い浮かぶままに詠みました。

刊行に際しては、まだまだ心もとない私の歌を優しく励ましご指導いただいた平田先生に、心より感謝と御礼を申し上げます。

さらに、海鳥社の西俊明社長をはじめ、編集の柏村美央様にも、適切な助言をいただきました。また、友人・知人、娘の真澄が種々サポートしてくれました。

読み返すと表現の拙さに恥じ入る点も多々ありますが、思い切って出版できましたことを、支えてくださった方々に重ねて深く感謝申し上げます。

最後に、ふたりの〝キューピッド〟であり、今も親しい友人の今田大六・なのりご夫妻に、いつまでもお達者でいてくださることを心より念じながら、この書をお贈りします。

有地紀美子

二〇一一年三月三日

有地紀美子（ありち・きみこ）
1935（昭和10）年1月，福岡市中島町に兄弟妹の長女として生まれる。1950（昭和25）年，福岡市立高宮中学校卒業。1953（昭和28）年，福岡県立福岡中央高校卒業。1957（昭和32）年，九州大学法学部助教授有地亨と結婚。2006（平成18）年7月，夫と死別。趣味：洋裁・手芸・水泳。

手伝《てつだ》ってください

■

2011年4月12日　第1刷発行

■

著者　有地　紀美子

発行者　西　俊明

発行所　有限会社海鳥社

〒810-0072 福岡市中央区長浜3丁目1番16号

電話092(771)0132　FAX092(771)2546

http://www.kaichosha-f.co.jp

印刷・製本　有限会社九州コンピュータ印刷

ISBN978-4-87415-816-6

［定価は表紙カバーに表示］